# 1948,
## 두 친구

# 1948,
# 두 친구

정명섭 지음

생각
학교

# 차
# 례

# 1
# 1948년 1월,
## 남산 스키장

오후가 되자, 선수와 심판들이 농담 반 진담 반으로 '남산 스키장'이라고 부르는 남산 꼭대기에 구경꾼들이 구름처럼 몰려들었다. 정식 스키대회가 아니었지만 서울 시내 한복판인데다가 별다른 구경거리가 없었던 탓이다. 눈이 제법 내리지만, 희준은 흩날리는 눈을 가르며 아침 일찍 이곳에 올라왔다. 학창 시절 서울로 수학여행을 왔다가 여기까지 올라오느라 다리가 아파서 죽을 뻔했다는 다른 선수의 애기를 들었다.

경기가 시작되고 선수들이 순서대로 출발했다. 자신의 순서가 다가오자 희준은 스키복으로 입고 있던 미군 점퍼의 지퍼를 채우고, 털양말을 바짝 올려 신었다. 까무잡잡한 피부에 축 처진 눈매를 가진 그가 긴장감에 몸을 떨었다. 떨지 말자고 속으로 중얼거렸지만 호흡이 가빠오는 걸 막을 수는 없었다. 희준은 고향인 청진에서 처음 스키를 접한 이후, 그 속도감에 매료되었다. 3년 전, 태평양전쟁에서 일본이 패배하면서 광복이 불현듯 찾아왔다. 하지만 역설적으로 광복으로 인해 38선이 생기고 북쪽에 소련군이 진주하면서 그는 가족과 함께 고향을 떠나야만 했다.

"23번 참가자 한희준! 준비되었나?"

생각에 잠겨 있던 희준은 심판의 물음에 허겁지겁 대답했다.

"준비되었습니다!"

서둘러 출발선에 다가가는 그의 모습을 본 심판이 말했다.

"모자 끈을 묶는 게 좋을 거야. 안 그러면 활강하다가 벗겨질 수도 있어."

심판의 지적에 희준은 서둘러 끈을 묶으려고 했다. 그런데 손에 쥔 스틱이 걸리적거렸다. 그러자 뒤에서 미군 점퍼를 입은 또래의 참가자가 손을 내밀었다.

"스틱은 내가 들고 있을게."

"고, 고마워."

한숨 돌린 희준은 서둘러 모자의 끈을 묶고 꽉 조였다. 그 모습을 지켜보고 있던 다음 참가자가 스틱을 건넸다.

"잘해봐."

긴장한 희준은 대답 대신 고개를 크게 끄덕거렸다. 스틱을 움켜쥔 그는 아래를 내려다봤다. 몇 년 전까지 사람들이 경건한 마음으로 걸어 올라왔던 조선신궁의 계단은 이제 스키대회를 위한 슬로프로 바뀐 상태였다. 그는 심호흡을 하며 아래를 내려다보다가 중얼거렸다.

"이야! 엄청나게 몰려왔네."

빈 지게를 짊어지고 구멍이 숭숭 뚫린 솜바지를 입은 막일꾼부터 남바위에 갓을 쓴 노인까지 보였다. 아래쪽은 물론 슬로프 양쪽으로도 구경꾼들이 늘어서 있었다. 일제강점기부터 20년 넘게 보급되어왔지만 아직 대다수의 사람들에게 스키는 낯선 운동이었기 때문이다. 희준이 슬로프를 내려다보며 자세를 취하자, 심판이 노란색 깃발을 휘두르며 외쳤다.

"출발!"

순간, 희준은 앞으로 크게 몸을 던지며 바짝 몸을 낮췄다. 몸을 최대한 구부려야 바람의 저항을 덜 받아서 속도가 더 나기 때문이었다. 바람을 가르며 미군 점퍼에서 파르륵거리는 소리가 났다. 양옆에서 구경꾼들이 지르는 소리가 메아리처럼 울리는 가운데 속도가 점점 빨라졌다. 그가 스키에 매료되었던 바로 그 순간이었다. 복잡한 세상이 사라지고, 오로지 자신과 바람만이 존재하는 순간이 찾아온 것이다.

"우와!"

조선신궁의 계단은 지금은 서울역으로 이름이 바뀐 경성역 맞은편에서 시작해서 380여 개나 되었다. 따라서 그곳을 활강하려면 엄청난 속도가 붙었다. 중간중간 놓인 계단참에서는 점프도 할 수 있었다. 스키가 서걱거리며 눈을 베는 소리가 들리는 가운데 계단참에 도착한 희준은 살짝 점프했다. 속도가 중력을 이기는 바로 그 순간이 너무나 좋았다. 이때만은 청진에서 온 촌놈이라는 손가락질을 받지 않아도 되었다. 살짝 떴던 몸이 슬로프에 내려오면서 약간 비틀거렸다. 하지만 몸을 낮추고 스키를 벌려서 균형을 잡은 그는 마지막까지 완주하는 데 성공했다. 수많은 사람들의 박수를 받으며 쌓여 있는 눈더미 앞에서 멈춘 희준은 하늘을 향해 소리를 질렀다.

"완주했다! 끝까지 내려왔다고!"

환호성을 지른 희준에게 스톱워치를 든 심판이 다가와서 기록을 불러줬다.

"23번 참가자, 한희준! 기록은 1분 33초!"

옆에 있던 기록원이 복창을 하면서 심판의 말을 기록지에 적었다. 그걸 보면서 희준은 바인딩에서 스키화를 풀었다. 바지와 점퍼에 묻은 눈을 터는데 다음 선수가 내려왔다. 아까 스틱을 들어준 걸 기억했던 희준은 옆으로 넘어지려는 그를 잡아줬다. 휘청거리던 그는 희준 덕분에 넘어지지 않았다.

"고마워."

"너도 도와줬잖아."

그때 옆에서 심판이 기록을 외쳤다.

"24번 참가자, 곽주섭! 기록은 1분 19초!"

이에 구경꾼들이 빠른 속도라고 감탄했다. 그건 희준 역시 마찬가지였다.

"진짜 빠르네."

그 얘기를 들었는지 주섭은 쑥스러운 표정을 지었다. 키가 크고 한 덩치 하는 희준에 비해 주섭은 조금 작았지만 그 역시 체구가 남달랐다. 얼굴이 검은 편인 희준과는 달리 주섭은 뽀얀 얼굴에 주먹코라서 강인해 보였다. 이를 드러내고 웃으며 주섭이 말했다.

"스키가 좋아서 그런 거지, 뭘."

그제야 주섭이 타고 내려온 스키가 보였다.

"귀한 히코리◆ 판 스키네? 스틸에지◆◆도 붙어 있고. 어디서 난 거야?"

이런 건 요즘 돈이 있다고 살 수 있는 건 아니라서 희준은 부러움을 감추지 못했다. 그러자 주섭이 세워놓은 스키를 손으로 쓸면서 말했다.

"와타나베 상점에 있던 물건이야. 아버지가 챙겨주셨어."

"바인딩 스프링은 어때? 그거 오래되면 늘어나잖아."

"그래서 평소에는 풀어놔."

희준은 상대방이 자신보다 스키에 대해서 더 잘 안다는 사실을 깨닫고는 평소 궁금해하던 걸 물었다.

"스키는 어떤 식으로 손질해?"

"나무에 바르는 아마인유♦♦♦를 써. 그걸 가을부터 며칠에 한 번씩 발라줘."

"그다음에 햇볕에 말리는 거야?"

"아니, 햇볕에 말리면 갈라져. 그늘에 놓고 천천히 말려야지."

주섭의 설명을 들으며 희준은 부러움을 감추지 못했다. 아

---

♦ 북아메리카가 원산지인 히코리 나무. 단단해서 가구나 스키의 재료로 많이 사용된다.
♦♦ 스키의 아랫면 모서리에 붙인 강철판으로 눈을 잘 쓸고 내려가는 역할을 한다.
♦♦♦ 아마의 씨로 만든 건성 지방유.

버지에게 부탁해 어렵게 스키를 구하긴 했지만 손질할 도구 같은 건 꿈도 꾸지 못할 처지였기 때문이다. 아버지를 졸라봤지만 먹고살기도 힘들다는 핀잔 섞인 대답만 돌아왔다. 생각에 잠긴 희준에게 주섭이 물었다.

"어디 학교 다녀?"

"어, 배재중학교. 너는?"

"나도 배재 다니는데? 몇 학년?"

주섭의 물음에 희준은 손가락을 쫙 펼쳤다.

"올해 5학년◆으로 올라가."

"나도 5학년인데? 왜 못 만난 거지?"

"겨울방학 직전에 편입했어."

"그랬구나. 사실 나도 가을에 입학해서 친구들을 잘 몰라."

그 얘기를 들은 희준이 활짝 웃었다.

"그래? 개학하면 친하게 지내자. 어디서 지내다 편입한 거야?"

"오사카에 있다가 해방되고 귀국했어. 너는?"

---

◆ 1948년 당시에는 중학교가 6년제였다. 1951년 교육법 개정으로 중학교와 고등학교로 나뉘었다.

"함경북도 청진. 작년 여름에 가족들이 다 같이 넘어왔지."

"38선을 넘어온 거야? 요즘 쉽지 않다고 하던데?"

"원산으로 가서 배 타고 내려왔어. 포항에 도착해서 좀 지내다가 겨울에 서울로 올라왔어."

희준의 대답에 주섭이 쓴웃음을 지었다.

"우리 둘 다 이방인이구나."

해방 후 해외에 있던 사람들이 귀국하고, 38선이 그어지면서 북한에서 넘어온 사람들이 수백만 명이었다. 그들을 위해 아무것도 준비되어 있지 않았다. 일본인들이 떠난 적산 가옥을 차지하거나, 해방촌같이 사람들이 살 것 같지 않은 깎아지른 산비탈에 천막과 널빤지로 집을 짓고 사는 수밖에는 없었다. 그나마 희준은 서울에서 사업을 하던 큰아버지의 도움으로 서촌에 집을 구할 수 있었고, 학교에도 들어갈 수 있었다. 주섭은 어깨를 으쓱거리며 말을 이었다.

"할머니가 동묘 쪽에서 하숙집을 하셔서 거기로 들어갔어. 운이 좋았지."

같은 신세라는 걸 깨달은 두 사람은 서로를 보며 웃었다. 그러다 다시 주섭의 스키를 본 희준이 물었다.

"바인딩에 끼운 건 어느 나라 군화야?"

"미제 군화. 시장에서 구멍난 거 하나 사서 뒤꿈치 부분을 파냈어. 넌?"

"난 일제. 사촌형이 학병 갔다가 돌아오면서 신고 온 거야."

가죽으로 만든 스키화는 그럭저럭 괜찮았지만 스키 바인딩에 끼워서 고정시킬 게 필요했다. 나무를 깎아서 끼우거나 가죽끈으로 고정시킬 수도 있지만, 그랬다가는 활강하다가 풀리고 심하면 부서질 수 있었다. 두 사람 모두 미군 점퍼를 스키복 대신 입었지만 장비들은 주섭이 조금 좋았고, 경험도 많아 보였다. 희준이 아쉽고 부러워하는 모습을 보이자 주섭이 말했다.

"내일 동화백화점◆에서 스키 강습회가 열리는데 올래?"

"정말? 몇시에?"

"2시부터, 이층 사교실에서 열려."

"진짜 가도 돼?"

"네 이름도 등록해놓을게. 참가비 없으니까 그냥 와."

---

◆ 현재의 신세계백화점 명동점. 일제강점기에는 미쓰코시백화점 경성점이었다가 광복 후에 동화백화점으로 영업을 했다.

"우와! 고마워."

희준이 환하게 웃는데 다음 참가자가 속도를 줄이지 못하면서 쓸고 내려온 눈이 비처럼 쏟아졌다. 갑작스럽게 눈을 맞은 사람들이 깔깔거렸다. 스키를 어깨에 멘 주섭이 희준의 어깨를 쳤다.

"내일 보자."

"응. 고마워."


다음날, 희준은 아침을 먹자마자 어제 입었던 미군 점퍼에 배재중학교의 교표가 붙어 있는 모자를 쓰고 집을 나섰다. 아침부터 어딜 가느냐는 어머니의 말에 그는 돌아보지도 않고 외쳤다.

"친구 만나고 올게요!"

좁은 골목을 걸어 내려오는데 오른쪽으로 서울 사람들이 뾰족집이라고 부르는 서양식 주택이 보였다. 일제강점기 때 친일파인 윤덕영이 10년에 걸쳐서 지었던 집으로, 가파른 지붕과 서양식 탑이 야트막한 초가집과 기와집들 너머로 위압적으로 자리잡고 있었다. 골목 안쪽에는 윤덕영이 사위와 딸에게 지어준 이층집도 보였다.

나라를 팔아먹고 잘도 살았다고 투덜거리며 희준은 조심스럽게 눈이 쌓인 길을 내려갔다. 서촌에서 동화백화점까지 가는 전차가 있긴 하지만 제대로 운행되지 않을 때가 많아서 차라리 걷기로 한 것이다. 나무로 된 전봇대 아래 꾀죄죄한 모습의 거지가 쪼그리고 앉아 있는 게 보였다. 발소리를 들은 거지가 고개를 드는 걸 본 희준은 발걸음을 서둘렀다. 그의 뒤로 적선하라는 거지의 애원이 바람처럼 따라붙었다.

　골목을 벗어나자 경복궁과 한때 총독부였던 중앙청이 보였다. 예상대로 전차 정거장은 사람들로 가득했다. 신문을 말아쥔 마카오 신사◆가 삼십 분째 기다리고 있다고 분통을 터트렸다. 그들을 지나 큰길로 나오자 중앙청 앞에 선 커다란 가설 탑들이 눈에 들어왔다. 올해 초 입국한 유엔 한국임시위원단을 환영하는 문구가 적혀 있었다. 미군정을 끝내고 선거를 통해 정부를 수립하여야 하지만 소련이 협조를 거부하면서 38선 이북에서는 선거를 치르지 못할 수도 있다는 얘기가 나왔다. 38선 이북인 청진에서 어렵게 피난을 온 희준은 고개를 절레절레 저었다. 문구가 적힌 가설 탑 아래로, 드럼통 위에

---

◆ 멋쟁이라는 뜻.

올라선 교통경찰이 열심히 호루라기를 불고 손짓을 하는 게 보였다.

세종로로 나서자 양장 차림의 여성과 미군이 팔짱을 끼고 곁을 스쳐지나갔다. 반쯤 녹은 눈으로 질퍽해진 도로 위로 미군 지프와 승용차들이 간간이 오가는 가운데, 온몸이 지저분한 몰이꾼이 우마차를 끌고 터덜터덜 걸었다. 끌려가는 소가 코뚜레 사이로 허연 콧김을 내뿜었다. 동아일보 앞에서 시위를 하는 한 무리의 군중이 보였다. 신문사 문 앞에서는 일본인들이 '도리우찌'라고 불렀던 헌팅캡을 쓴 사내와 이마에 띠를 두른 사내가 서로 멱살을 잡고 씨근덕거리는 중이었다. 선거와 남북문제를 둘러싼 갈등은 거리뿐만 아니라 집안과 학교에서도 편을 가르게 만들었다. 새 학기가 시작되면 그런 갈등을 직접 보게 될 것이라는 생각에 희준의 얼굴이 저절로 찡그려졌다.

성조기와 태극기가 나란히 펄럭이는 서울 시청 앞에도 유엔 한국임시위원단을 환영하는 영어와 한글 문구가 적힌 가설탑이 보였다. 그곳에서 도로를 건너자 반도호텔과 조선호텔이 나란히 서 있었고 그 사이로 원구단의 기와지붕이 보였다. 그 곁을 지나자 오른쪽으로 유럽의 성채처럼 생긴 한국은행의 뒷

모습이 눈에 들어왔다. 화강암으로 만든 둥근 첨탑에 달린 창
틀에 고드름이 맺혀 있는 게 보였다. 맞은편에는 붉은 벽돌로
만든 서울우체국이 우뚝 솟아 있었다. 굴뚝으로 한창 연기가
빠져나가는 중이었다.

두 건물 사이에 서 있는 동화백화점이 눈에 들어왔다. 목
적지가 보인다는 생각에 희준은 저도 모르게 안도의 한숨을
쉬었다. 교통경찰이 열심히 손짓하는 도로를 가로질러 동화
백화점에 도착했다. 커다란 회전문을 지나서 안으로 들어가자
위쪽이 뻥 뚫린 공간이 보였다.

양쪽으로는 아치들이 이어져 있는데 한복을 비롯한 옷과
핸드백 같은 걸 판매하고 있었다. 아치들의 끝에는 대리석으
로 만든 계단이 보였다. 계단이 있는 벽면에는 커다란 서양 벽
화가 그려져 있었는데 하늘거리는 옷을 입은 금발의 서양 여
인이 사람들을 내려다보는 것 같았다. 서둘러 계단을 올라간
희준은 길게 이어진 복도를 보고 잠시 주춤거렸다. 하지만 한
쪽 벽에 '백령회 주최 스키 강습회'라고 적힌 벽보가 붙은 걸
보고는 다시 걸음을 재촉했다.

벽보에 붙은 화살표를 따라 안쪽으로 들어간 희준은 제일
끝에 사람들이 모여 있는 걸 봤다. 그쪽으로 걸어간 희준은 반

쯤 열린 문 앞에 놓인 책상에 앉아 있는 주섭을 발견했다. 발소리에 주섭이 고개를 들었다. 희준을 보자 그는 환하게 웃었다.

"어서 와."

"초대해줘서 고마워."

"같은 학교 다니는데, 뭘. 여기 이름이랑 주소 적고 안에 들어가서 자리에 앉아."

희준은 주섭이 건넨 연필로 참가자 명단에 이름과 주소를 적고는 사교실 안으로 들어갔다. 일찍 도착했는데도 불구하고 생각보다 사람들이 많아서 깜짝 놀랐다. 몇몇 사람들이 모여서 왁자지껄하게 떠드는 모습에 살짝 주눅이 든 희준은 앞쪽 자리에 가 앉았다. 학교에서 본 것보다 큰 칠판이 붙어 있었고, 그 옆으로는 스키들이 세워져 있었다. 그 앞에서 털모자에 고글을 쓴 키 작은 중년 남성이 주변 사람들과 얘기를 나누는 중이었다. 문을 닫고 안으로 들어온 주섭이 중년 남성에게 다가가다가 어정쩡하게 앉아 있는 희준을 보고는 손짓을 했다.

"이리 와. 소개시켜줄게."

주섭은 주춤거리며 다가온 희준의 어깨에 손을 올리며 중년 남성에게 말했다.

"어제 스키대회에서 만난 학교 친구입니다. 이름은 한희준이고 청진 출신이래요."

소개를 받은 중년 남성이 반색을 하면서 손을 내밀었다.

"청진이라면 원산 근처로군. 그래서 스키를 타게 된 건가?"

"네. 중학교 입학하니까 스키부가 있더라고요."

"원산은 그야말로 스키의 도시라고 할 수 있지. 빌어먹을 38선 때문에 가지 못한다는 사실이 너무 아쉽군. 참, 내 이름은 김종웅이야. 백령회의 고문을 맡고 있지."

"회장님이셨어."

주섭의 말에 남자가 껄껄거렸다.

"다 옛날 일이지. 그래 스키는 얼마나 배웠나?"

"많이 배우지는 못했습니다. 중학교 입학하고 광복이 되면서 일본인 스키 선생이 떠났거든요."

"저런."

얘기를 듣던 주섭이 혀를 찼다.

"그나마 장비를 놓고 가는 바람에 틈틈이 탈 수 있었습니다. 그러다가 월남을 해서 한동안 못 타다가 얼마 전에 낡은 스키를 하나 구해서 대회에 나간 겁니다."

자초지종을 들은 김종웅이 한숨을 쉬었다.

"그래도 포기하지 않고 열심히 배우고 대회까지 나왔군. 대견해."

옆에서 듣고 있던 주섭이 끼어들었다.

"기록도 좋았어요. 1분 30초 대였어요."

"나쁘지 않군. 오늘 기본기에 대해서 강의를 할 테니까 열심히 듣고 익히게."

"고맙습니다."

꾸벅 인사를 하고 돌아선 희준은 주섭에게 물었다.

"어떻게 여길 빌린 거야?"

"작년에 만들어진 학생스키연맹 회장이 동화백화점 사장이었거든. 그래서 빌릴 수 있었어."

"대단하네. 이런 단체랑 사람들을 어떻게 안 거야?"

"어쩌다 보니까 그렇게 됐어. 나머지는 끝나고 얘기하자."

희준은 알겠다고 대꾸하고는 자리에 가서 앉았다. 스키 강좌가 열리는 사교실은 50명이 넘게 앉을 수 있는 큰 공간이었지만 금방 차버렸다. 뒤늦게 온 사람들은 자리가 없어서 뒤쪽에 서서 들어야만 했다. 팔을 걷어붙인 김종웅이 칠판 앞에 섰다.

"만나서 반갑습니다, 여러분. 저는 백령회 고문 김종웅이라고 합니다. 오늘 여러분에게 스키에 대한 얘기를 들려드리도록 하겠습니다. 먼저 스키는 서양에서 시작해서 일본을 거쳐 우리나라에 들어온 것이라고 믿는 분들이 많이 있습니다. 물론, 우리가 지금 쓰는 스키는 서양에서 만들어진 것이 맞습니다."

그러면서 칠판 옆에 세워진 스키를 들어서 보여줬다.

"하지만 우리나라에도 이런 스키와 비슷한 게 있었습니다. 썰매라고 들어보셨습니까?"

사람들의 웅성거림 속에서 김종웅의 얘기가 이어졌다.

"함경북도 사람들이 오래전부터 쓰던 도구였습니다. 고로쇠나무나 대나무로 만들었는데 길이만 좀 짧을 뿐 지금 보여드리고 있는 스키와 아주 유사합니다. 스틱을 하나만 쓰기는 했지만, 반세기 전에는 유럽에서도 스틱을 하나만 사용했죠."

그의 설명을 듣던 뒤쪽의 학생이 손을 들고 질문했다.

"그럼 어떻게 발을 고정시켰습니까? 바인딩 같은 게 있었나요?"

"일단 신발은 둥그니라고 불리는 걸 신었습니다. 삼이나 짚으로 엮은 건데 부츠처럼 발목까지 올라오게 되어 있죠. 그리고 썰매에 네 개의 구멍을 뚫어서 가죽이나 새끼줄로 매듭

22

을 엮어서 고정시킵니다. 물론 바인딩으로 고정한 것만큼은 아니지만 달리는 도중에 벗겨지는 일은 없습니다."

학생을 향해 가볍게 웃으며 그는 계속 말을 이어갔다.

"물론 방식과 명칭은 다르지만, 첩첩하게 쌓인 눈을 뚫고 지나가거나 혹은 질주하는 방법으로 스키를 고안한 건 동서양을 막론하고 비슷합니다. 따라서 스키가 서양의 것이라고 무조건 배척할 필요는 없습니다."

그는 다시 조용해진 참석자들을 바라봤다.

"지금 우리가 타는 스키는 대략 100여 년 전에 북유럽에서 시작되었습니다. 눈이 많이 오는 곳이라 겨울이면 계곡에 엄청나게 눈이 쌓입니다. 가보신 분들은 알겠지만 발목은 물론이고 허리까지 차는 경우도 많습니다. 그러면 정상적으로 걷는 건 불가능합니다. 그래서 그곳도 우리의 썰매와 비슷한 게 있었습니다. 그게 바로 이겁니다."

그는 스키를 다시 한번 바라보고는 얘기를 이어갔다.

"여기 가운데 달린 쇳쇠 같은 게 보이죠? 이걸 바인딩이라고 합니다. 여기에 스키화를 고정시키면 웬만하면 풀리지 않습니다. 그러면 눈 위를 엄청나게 빨리 달릴 수 있게 됩니다. 바람보다 빠르게 말이죠. 그리고 이건 스틱이라고 합니다. 앞서 말했듯, 예전에는 하나만 있었지만 지금은 두 개를 양손에 쥐고 탑니다. 방향 전환을 할 때 이걸로 찍고 회전을 하는 거죠. 얘기는 이쯤 하고 실제 스키 타는 자세를 보도록 하겠습니다."

김종웅이 손짓하자 옆에 서 있던 주섭이 책상을 앞으로 끌고 왔다. 그러고는 그 위에 스키를 올려놓은 다음에 책상 위로 올라갔다. 사람들이 뭘 하려나 하고 웅성거리는데 스키를 신은 주섭이 몸을 낮추고 스키 타는 자세를 보여줬다. 약간 어정쩡하게 앉은 자세였기 때문에 사람들 사이에서는 측간에서 일 보는 자세 같다는 말과 함께 웃음이 쏟아졌다. 하지만 주섭은 더없이 진지하게 자세를 잡으며 희준을 향해 씩 웃어 보였다.

"스키를 타려면 이런 자세를 잡아야 합니다. 몸을 최대한 낮춰서 공기의 저항을 줄이고 무게중심을 낮추는 것이죠. 양쪽 손으로는 스틱을 잡고 중간중간 찍어주면서 방향을 틀어줍니다."

김종웅의 설명에 뒤이어 주섭이 손으로 스틱을 쥐는 시늉을 하면서 이리저리 몸을 틀었다. 스틱을 가지고 있긴 했지만 어떻게 써야 할지 잘 몰랐던 희준은 양손을 가볍게 말아쥔 채 주섭처럼 몸을 좌우로 움직여보았다. 책상 위에서 시범을 보이던 주섭을 내려오게 한 김종웅이 칠판으로 다가가서 알파벳 A를 그렸다.

"그리고 활강을 할 때는 A자 형태로 내려와야 합니다. 어떤 식이냐면."

주섭을 다시 손짓으로 부른 김종웅이 스키의 굽어 있는 앞쪽을 위로 치켜든 다음에 비스듬하게 기울였다.

"위에서 내려올 때는 이런 식으로 스키의 앞부분을 모아서 속도를 줄여야 합니다. 보통 11자 형태로 내려가는 경우가 많은데 그러면 속도를 줄이지 못해서 큰 낭패를 겪을 수 있습니다."

김종웅의 얘기를 들은 희준이 손을 번쩍 들었다.

"질문 있습니다."

"말해보게."

"A자 형태로 내려오면 스키 앞부분이 서로 엉킬 염려는 없을까요?"

희준이 양손이 서로 교차하는 모습을 보여주면서 묻자 김종웅이 껄껄 웃었다.

"스키를 타는 모든 사람들이 하는 걱정이지. 하지만 우리에게는 균형이라는 무기가 있지. A자 형태로 가는 게 아니라 유지한다고 생각하게."

분필을 내려놓은 김종웅이 두 손으로 A자를 그리며 쭉 앞으로 나갔다.

"그 균형은 어떻게 유지합니까?"

희준의 질문에 그가 아주 간단하다는 듯 대답했다.

"완벽하게."

엉뚱하면서도 재치 있는 대답에 사교실은 웃음바다가 되었다. 희준 역시 웃었는데 그런 그의 앞에 선 김종웅이 손바닥을 살짝 비스듬하게 기울였다.

"그 균형을 유지하기 위해서는 스키 바닥이 이런 식으로 유지되어야 하네."

"바깥쪽으로 기울어져 있네요."

희준의 말에 김종웅이 고개를 끄덕거렸다.

"그게 균형을 유지하는 비밀일세. 스키 바닥이 전부 눈에 닿지는 않아. 방향 전환은 몸을 틀거나 스키를 튼다고 되는 게 아니지. 가고자 하는 방향으로 몸을 기울이고 스키의 바닥을 살짝 들어야만 원하는 곳으로 움직일 수 있어."

뒤쪽에서는 알아듣지 못하겠다는 듯 한숨이 터져 나왔지만 희준은 단번에 무슨 뜻인지 알아차렸다.

"날을 이용해서 방향을 틀어야 한다는 뜻이군요."

"맞아. 대부분의 사람들은 몸을 움직여야 한다고 생각하는데 사실 스키를 움직이는 건 발이야. 나머지는 균형을 잡아주는 역할을 할 뿐이지. 그래서 스틸에지가 들어간 스키가 필요해."

"그렇군요."

그 대목에서 희준은 한숨을 쉬었다. 가지고 있는 스키는 스틸에지는커녕 언제 부러질지 모를 정도로 오래되었기 때문이다. 그나마 대나무로 만든 스키보다는 낫다는 생각에 희준은 한숨을 거뒀다. 그후로도 얘기를 이어가던 김종웅은 잠시 쉬었다가 하겠다는 말과 함께 살짝 고개를 숙였다. 그러자 사람들이 담배를 피우기 위해 혹은 화장실을 가기 위해 서둘러 일어났다.

닫힌 공간에서 얘기를 듣느라 답답해진 희준은 사교실의 창문을 열었다. 드르륵거리는 소리와 함께 열린 창문을 통해서 거리의 모습이 보였다. 며칠 전에 내린 눈이 아직 덜 녹으면서 흑과 백이 공존하는 묘한 세상이 펼쳐졌다. 창문 앞으로는 빗물 같은 것이 뚝뚝 떨어졌다. 위층에 있는 베란다의 고드름이 녹으면서 떨어지는 물이라는 걸 알아차린 희준이 피식 웃자 옆으로 온 주섭이 물었다.

"뭐가 그렇게 웃겨?"

"빗물인 줄 알았어. 이게."

희준이 고드름에서 떨어지는 물을 바라보며 대답하자 주
섭이 손바닥을 내밀었다. 손바닥에 물이 툭 떨어지자 주섭이
얼른 손을 뺐다.

"앗! 차가워."

그 모습을 본 희준이 껄껄 웃었다.

"꼭 확인해봐야 직성이 풀리니?"

"우리 집안 가훈이야."

장난스럽게 대꾸한 주섭이 손바닥에 받은 물을 희준에게
뿌렸다. 차갑다고 비명을 지른 희준이 복수를 한다고 손에 물
을 모았다. 창문가에서 둘이 장난치는 걸 보고 있던 김종웅이
다가왔다.

"다음달 8일이랑 9일에 광장리 아차산에서 제1회 스키대
회가 열리네. 자네도 참가하겠나?"

"아직 정식 대회에 나갈 실력은 아닙니다."

희준은 호기심이 생겼지만 무엇보다 장비가 형편없어서
망신을 당할 것 같다는 생각이 들었다. 그런 속마음을 눈치챘

는지 주섭이 끼어들었다.

"내 스키 빌려줄게. 같이 훈련하자."

"저, 정말?"

차마 거절하지 못한 희준의 어깨에 주섭이 손을 올렸다.

"어차피 나도 연습을 해야 하는데 동무가 있으면 좋지."

"그, 그럴까?"

희준이 어정쩡하게 웃으며 고개를 끄덕거리자 주섭이 어
깨를 쳤다.

"있다가 나랑 같이 신청서 접수하러 가자."

"어디에서 접수해야 하는데?"

"종로2가에 있는 대창양화점이나 충무로에 있는 산업운동
부점, 그리고 명동의 서울운동부점. 여기서는 명동의 서울운
동부점이 가까워."

"어디 있는 건데?"

"한성화교 소학교 근처일 거야. 어딘지 알아."

두 사람의 얘기를 듣던 김종웅이 명함을 꺼내서 건넸다.

"참가비가 백원이야. 하지만 이 명함을 가지고 내 얘기를
하면 협회 특별 참가비를 받을 거야."

"얼마인데요?"

둘이 동시에 묻자 김종웅이 대답했다.

"삼십 원."

금액을 들은 둘은 동시에 환호했다. 그러다 슬슬 모여들기 시작한 사람들의 눈총에 머쓱해지고 말았다.

그후로 한 시간쯤 더 이어지던 스키 강습이 끝나고 둘은 동화백화점 밖으로 나와서 바로 맞은편에 있는 서울우체국으로 향했다. 서울우체국 옆에 난 좁은 길 앞에 선 주섭이 말했다.

"지금은 명동으로 바뀌었는데 일제강점기 때는 혼마치였다고 하더라. 일본인들이 천지였었대. 할머니 얘기로는 일제강점기 때 여기에 커다란 철제 구조물이 있었다고 했어."

"문 같은 거?"

"아니, 아치 같은 거라고 했어. 위쪽에 본정이라는 글씨가 크게 박혀 있었고, 아래쪽으로는 꽃봉오리 모양의 가로등이 붙어 있었다고 했어."

"예뻤겠네."

"조선인들이 주로 살던 북촌은 도로도 포장이 안 되어 있었고, 밤에는 불빛 하나 없었는데 말이야."

씹어 삼키는 듯한 주섭의 말에 희준은 한숨을 내쉬었다.

조선인이라는 이유만으로 받은 차별은 어렸던 그에게도 아픈 기억으로 남아 있던 탓이다.

"차별이 너무 당연해서 차별인지도 몰랐던 거지."

희준의 얘기에 주섭이 힘주어 말했다.

"다시는 그런 세상을 만들면 안 되잖아."

"그럼, 어떻게 되찾은 나라인데."

둘은 웃으며 예전에 혼마치 간판이 서 있던 서울우체국 옆 골목으로 들어섰다. 양쪽 건물이 드리운 그림자 때문인지 골목길 안쪽은 녹지 않은 눈으로 빙판이 돼 있었다. 추위 때문에 몸을 잔뜩 웅크린 지게꾼이 빙판 위를 조심스럽게 걸었다. 양 옆은 청요릿집들로 가득했는데, 그중 한곳에서는 일꾼들이 우마차에서 장작을 내리는 중이었다. 길 안쪽으로 들어가자 중화민국대사관이 보였다. 그걸 본 희준이 고개를 절레절레 저었다.

"일본인들이 모여 사는 남촌 한복판에 중국대사관이라니."

"일본이 오기 전에 청나라가 있었으니까. 운동부점은 저쪽이야."

약간 오르막인 골목길 안쪽으로 조금 더 들어가자 일본식으로 지은 이층 목조 주택들이 길게 늘어서 있는 게 보였다. 일층은 상점이었고, 이층은 주인 가족들이 거주하는 공간이었다. 물론 지금은 모두 다 쫓겨나고, 조선 사람들이 차지했다. 예전 일본어 간판을 미처 치우지 못한 곳도 있고, 그 위로 조선말로 쓴 간이 간판을 현수막처럼 걸어놓은 곳도 있어서 약간 어수선했다.

길에서 새까만 얼굴에 허연 콧물이 들러붙은 아이들이 눈싸움을 하는 중이었다. 전봇대와 벽에는 각종 주장을 담은 벽보들이 빼곡하게 달라붙어 있었는데 원래 있던 벽보를 찢어내거나 그 위에 붙인 흔적들이 그대로 남아 있었다. 서울운동부점 간판이 보이자 두 사람은 서로를 바라보며 웃었다. '서울운동부점'이라는 글씨가 붙어 있는 유리창은 금이 가 있었는데 바꿀 처지가 아니었는지 그대로 놔뒀다. 유리창 안으로 축구공이나 각종 운동화가 보였다.

군밤 장수들이 쓰는 방한 모자를 쓰고 있던 주인이 두 사람을 보고 말을 건넸다.

"뭐 사러 왔어?"

희준이 우물쭈물하는 사이 주섭이 먼저 나서서 말했다.

"스키대회 신청서 내러 왔습니다. 광장리 아차산에서 열리는 거요."

얘기를 들은 주인이 구석의 탁자를 가리켰다.

"저쪽에 있다."

주인이 알려준 탁자에는 신청서가 수북하게 쌓여 있었다. 주머니에서 만년필을 꺼낸 주섭이 희준에게 건넸다.

"먼저 써."

만년필을 건네받은 희준이 허리를 굽혀서 신청서를 적었다. 그러곤 다 적은 신청서와 만년필을 주섭에게 건네면서 신청서를 하나 빼줬다. 고맙다는 말을 남긴 주섭 역시 신청서를 적은 후에 두 장을 가지고 주인에게 다가갔다. 문가에 서서 오가는 사람들을 바라보던 주인은 신청서를 살펴봤다. 그사이 주섭이 김종웅에게 받은 명함을 꺼냈다.

"이분께서 협회 특별 참가비만 내면 된다고 하셨어요."

"알겠다. 언제 줄 거니?"

"다음주중에 가져올게요."

"알겠다. 참가 번호랑 표는 그때 주마."

무뚝뚝한 주인의 말을 뒤로한 채 둘은 거리로 나왔다. 빙판으로 된 길을 걷느라 말이 없던 희준이 물었다.

"연습은 어디서 할까?"

"남산 스키장에서 하자. 다음주 수요일에 돈 가지고 오면서 연습하면 되잖아."

"알겠어."

이런저런 얘기를 나누면서 큰길로 나오는데 소란스러운 외침과 함께 호루라기 소리 같은 게 들렸다. 서로의 얼굴을 바라본 둘은 발걸음을 서둘렀다. 거리를 차지한 것은 머리에 띠를 두르고 팻말을 든 시위대였다. 팻말에 적힌 내용을 읽어본 희준이 중얼거렸다.

"남한 단독선거를 반대하는 시위대네."

선두는 갈색 코트에 헌팅캡을 쓴 남자였다. 그가 걷다가 돌아서서 한쪽 주먹을 불끈 치켜들고 구호를 외치면 시위대가 따라 했다. 구호 내용은 남한 단독선거를 반대한다는 것과 경찰의 폭력 행위를 중단하라는 것이었다. 갑작스러운 시위대의 등장에 거리를 오가던 사람들 모두 옆으로 물러나거나 걸음을 멈추고 지켜봤다. 한국은행 앞까지 행진한 시위대는 그곳에 머물면서 구호를 외치고 박수를 쳤다. 그 광경을 지켜보던 주섭이 중얼거렸다.

"남로당이랑 민주주의민족전선이 같이 나왔네."

희준이 얼굴을 찡그리며 중얼거렸다.

"이러다가 나라가 두 동강 나겠어."

주섭 역시 고개를 끄덕거렸다.

"그러게, 처음에 38선이 그어졌을 때는 남아 있는 일본군을 무장 해제하려고 만든 거라고 했잖아."

"맞아. 그런데 이렇게 두 동강이 나버리네. 38선 경비가 심해져서 마을 사람 중에 죽은 사람이 있었어. 그 얘기를 듣고 아버지는 육지로 가는 걸 포기하고 바다로 남하하셨어."

그때를 떠올리며 희준이 고개를 절레절레 흔들자 주섭이 빤히 바라봤다.

"왜 월남한 건데?"

"왜긴, 공산당들이 괴롭혀서 그런 거지."

"왜 들볶았는데?"

"자기네 말을 안 들었다고. 그리고 소련군이 매일 행패를 부리는데 막아줄 생각도 하지 않고 말이야. 이웃집 누나도 하마터면 끌려가서 몹쓸 일을 당할 뻔했단 말이야. 거기다 재산을 모두 몰수한다는 소문까지 돌았거든."

희준은 그때의 조마조마했던 기억을 떠올리며 짜증 섞인 목소리로 말했다. 그러면서 시위대를 바라봤다.

"정말 아무것도 모르고 저러는 거잖아."

희준이 화가 나서 바라보는데 주섭이 조심스럽게 말했다.

"네가 모르고 있을 수도 있어."

"무슨 소리야?"

"남한만 단독선거를 치르면 분단은 확정이야. 서구 열강들이 노리는 게 그거라고."

"북한이랑 소련이 자꾸 딴지를 걸잖아. 같이 선거를 하면 질 것 같아서 그러는 거지, 뭐긴 뭐야."

"상황은 그렇게 단순하지 않아."

"물론 복잡하지. 그렇게 된 건 북쪽에 있는 놈들 때문이고 말이야."

"미국이 떡하니 버티고 있는데 선거가 공정하게 치러지겠어? 미군이 먼저 물러나고 유엔이 손을 떼야 제대로 된 선거가 치러질 수 있어."

단호한 주섭의 말에 희준이 화를 냈다.

"무슨 말도 안 되는 소리야! 빨갱이들이 잘못한 거라고!"

주섭이 반박하려는 찰나, 갑자기 앞쪽에서 비명과 고함소리가 들렸다. 트럭을 나눠 타고 들이닥친 사내들이 손에 몽둥이를 들고 시위대를 공격한 것이다. 기습을 당한 시위대 역시 팻말의 손잡이를 무기 삼아 저항했다. 그 모습을 본 희준이 중얼거렸다.

"서북청년단 같아."

치열한 싸움이 벌어지고 얼마 지나지 않아, 여기저기서 쓰러져 다친 사람들이 보였다. 잠시 후, 사이렌 소리와 함께 지프차에 나눠 탄 경찰들이 나타났다. 현장에 도착한 경찰들은 쓰러진 시위대를 발로 짓밟은 다음에 질질 끌고 갔다. 반면 서북청년단 단원들과는 웃으며 얘기도 나누고 담배까지 나눠 피웠다. 그걸 본 주섭이 주먹을 불끈 쥐었다.

"비겁한 놈들!"

그때 몽둥이를 어깨에 걸치고 지나가던 서북청년단 하나가 그걸 듣고 말았다. 걸음을 멈춘 남자가 돌아서서 둘에게 다가왔다.

"방금, 뭐라고 했어?"

주섭이 다시금 주먹을 불끈 쥐는 걸 본 희준이 슬쩍 앞을 가로막았다.

"저놈들 얘기한 거였어요. 저기 저 시위대요."

희준의 얘기에도 불구하고 남자는 물러나지 않았다.

"정말이야? 저 녀석 네 친구야?"

"네, 저랑 같은 학교 다녀요."

"빨갱이 아니야? 요즘 학생들 중에 빨갱이가 한둘이 아니던데 말이야."

다급해진 희준은 주섭의 앞을 완전히 막아섰다.

"우리 학교는 안 그래요."

"어딘데."

"배재중학교요. 이승만 박사가 공부하시던 곳입니다."

"우남 선생님이?"

"네, 배재학당 출신이라고 선생님한테 들었어요. 학교 마당에 커다란 향나무가 있는데 그 밑에서 글공부를 하셨다고 했어요."

"진짜야?"

위기를 넘긴 것 같았지만 꼬투리를 잡혀서는 안 됐다. 무뚝뚝한 상대방의 말투를 들은 희준이 말했다.

"그럼요. 혹시 청진에서 오셨어요?"

"아니, 원산에서 왔어. 너도 북에서 왔냐?"

"네, 작년에 넘어왔습니다. 청진 출신입니다."

"그래? 거기 교회 이름 대봐."

날카로운 눈빛을 들이대는 남자의 물음에 희준이 대답했다.

"청진중앙교회랑 서부제일교회요. 우리 동네에는 교회가

별로 없었어요."

그 대답을 들은 남자가 의심으로 가득한 눈빛을 거뒀다.

"38 따라지구만. 이런 데 얼쩡거리지 말고 집으로 가라. 친구 데리고."

"고, 고맙습니다."

모자를 벗은 희준이 연신 고맙다는 말을 하자 남자가 고개를 끄덕거리고는 돌아섰다. 한숨을 돌린 희준이 주섭의 소매를 잡아끌었다.

"얼른 여기서 빠져나가자."

희준은 내켜 하지 않는 주섭의 손을 잡고 재빨리 그곳을 벗어났다. 소공동 끝자락에 있는 국립중앙도서관◆ 앞까지 주섭을 끌고 간 희준은 숨을 몰아쉬며, 주변을 살펴봤다.

"야! 너 미쳤냐! 걔들 앞에서 그런 얘기를 하면 어떡해?"

"보고만 있을 수는 없잖아."

벽에 기댄 채 숨을 몰아쉬던 희준은 그 얘기를 듣고는 코웃음을 쳤다.

---

◆ 국립중앙도서관은 현재의 롯데백화점 본점 자리에 있다가 1974년 남산으로 이전했다. 지금은 서초구에 있다.

"무슨 일이 벌어졌는지 두 눈으로 똑똑히 봤으면서 그런 반항을 해? 잡혀서 죽을지도 모르는데 말이야. 죽으려면, 곱게 죽든가 의미 있게 죽든가 해야 할 거 아니야."

희준이 힘주어 말하자 주섭이 대답했다.

"알았어. 미안해, 조심할게."

주섭의 대답을 들은 희준은 그의 어깨를 쳤다.

"긴장하고 났더니 배고프네. 아서원♦ 가서 짜장면 먹을래?"

희준의 제안에 고개를 돌려 아서원의 간판을 본 주섭이 말했다.

"내가 살게. 오늘 도와줬잖아."

"그래."

방금 전 상황을 금방 잊어버린 두 사람은 껄껄 웃으며 아서원 쪽으로 향했다.


아서원에서 밥을 먹고 나온 둘은 각자 집으로 향했다. 정식 스키대회에 참가할 수 있다는 부푼 꿈을 안고, 서촌에 있는 집에 도착한 희준은 문을 열고 들어섰다가 댓돌에 놓인 군화를 보고는 반색을 했다.

"희섭이 형!"

신이 난 희준이 소리를 지르며 뛰어들자 그 소리를 듣고 부엌에서 나온 어머니가 환하게 웃었다.

"안방에 있으니 어서 들어가봐라."

대청의 유리문을 열고 안으로 들어간 희준이 안방 문을 벌컥 열자 아버지와 술잔을 기울이고 있던 형이 돌아봤다.

"희준이 왔구나."

"형! 언제 나왔어!"

"오늘, 휴가를 받았어."

괘종시계 옆 옷걸이에는 형이 입고 온 야전 상의가 걸려 있었다. 팔뚝에 붙은 계급장을 본 희준의 눈이 커졌다.

"진급한 거야?"

"그럼, 이제 한희섭 이등중사♦♦라고 불러라. 자식아."

형은 희준에게 영웅 같은 존재였다. 공부도 잘하고 훤칠한 형은 묵묵히 장남 노릇을 했다. 월남한 이후에는 취직이 잘되지 않자 조선국방경비대에 하사관으로 입대했다. 형이 껄껄거

---

♦ 지금의 롯데백화점 자리에 있었던 중국음식점. 1925년 4월, 조선공산당 창당 대회가 열렸던 곳이다.
♦♦ 1946년 12월 미군 계급 제도에 맞춰서 현재와 비슷한 명칭으로 변경되었다. 하사관의 경우 하사, 이등중사, 일등중사, 이등상사, 일등상사, 특무상사로 변경되었다.

리면서 말하자 희준은 야전 상의 옆에 걸려 있는 군모를 쓰고 경례를 했다.

"멸공!"

때마침 안주가 놓인 쟁반을 들고 안방으로 들어온 어머니가 등을 가볍게 때렸다.

"장난 그만 치고 얼른 앉아."

"네!"

군모를 벗어서 도로 옷걸이에 건 희준은 아버지와 형이 마주보고 앉은 밥상에 가 앉았다. 어머니가 가져온 음식을 본 형이 말했다.

"명태순대네요."

"마침 어제 명태를 싸게 팔아서 몇 마리 사났어. 너무 많이 샀나 했는데 네가 와서 다행이구나."

어머니와 형이 얘기를 주고받는 사이, 희준은 젓가락으로 명태순대를 하나 집어서 먹었다. 소금에 절인 명태의 살이 씹혔고, 그다음으로 배추와 숙주, 돼지고기의 맛이 느껴졌다. 찹쌀의 부드러운 맛까지 느낄 무렵, 어머니의 잔소리가 쏟아졌다.

"형 먹으라고 한 건데, 네가 먼저 먹으면 어떡해?"

그러자 아버지가 건넨 정종을 마시던 형이 끼어들었다.

"많이 먹어, 희준아. 저는 괜찮아요."

"그래도."

어머니가 안쓰러운 눈빛으로 바라보자 맞은편에 앉아 있던 아버지가 핀잔을 줬다.

"스무 살이 넘었는데 응석받이처럼 생각하지 말라고. 군대에서 어련히 먹여줄까."

"앞집 북청댁 아들도 군대 갔는데 피골이 상접해서 휴가 나왔다잖아요."

"저는 하사관이라 잘 먹습니다. 어머니."

형의 말에 어머니가 땅이 꺼져라 한숨을 쉬었다.

"그래도 걱정이 이만저만이 아니다. 이러다 난리 나는 건 아닌가 싶기도 하고."

"거, 밥상머리에서 재수없는 소리 좀 하지 마."

술을 몇 잔 마신 아버지가 목소리를 높이자 어머니가 째려봤다. 평소에는 숨도 크게 못 쉬던 아버지가 술기운에 만용을 부린 것이다. 그게 재미있어서 희준이 피식 웃자 형도 따라서 웃었다.

"두 분은 아직도 소꿉장난하시는 거 같아요."

형의 말에 아버지가 빈 술잔을 내밀면서 말했다.

"20년 넘게 소꿉장난중이지."

"아이고, 내가 저 철부지 때문에 못 산다. 못 살아."

부모님의 말에 형과 희준은 껄껄거리며 웃었다. 작년, 원산 항에서 배를 타고 월남하면서 쉽게 웃을 수 없는 날들이 이어 졌다. 그나마 서울에서 사업을 하던 큰아버지 덕분에 남들보 다 쉽게 자리를 잡을 수 있었다. 형은 월남하자마자 국방경비 대에 입대했다. 청진에서 중학교까지 마친 덕분에 하사관으로 임명될 수 있었다. 형이 채워준 정종을 한 모금 마신 아버지가 물었다.

"계속 대전에 있냐?"

"네, 2연대가 사단으로 승격된다고 해서 지금도 정신없이 병사랑 하사관들이 들어오고 있습니다."

"후방이라 마음이 좀 놓이긴 한다만."

"거기도 전방이나 다름없습니다. 분위기가 심상치 않아 요."

"빨갱이들 말이냐?"

형이 대답 대신 고개를 끄덕거리자 아버지가 혀를 찼다.

"거, 속 시원하게 쓸어버리면 안 되나? 남한 사람들은 너 무 물러서 탈이야."

"법과 절차라는 게 있으니까요."

"북한에서는 그딴 거 없이 반동이니, 뭐니 하면서 할 거 다 하잖아. 이러다 여기도 북한처럼 되는 거 아닌지 모르겠다."

아버지를 비롯해 월남한 사람들은 남한도 공산화가 되는 게 아닌지 하는 공포감을 가지고 있었다. 그러면 기껏 목숨을 걸고 남하한 의미가 사라지기 때문이다. 형이 국방경비대에 입대한 데도 아버지의 그런 염려가 한몫했다. 아버지의 걱정 섞인 한숨에 분위기가 무거워질까봐 희준이 끼어들었다.

"형, 요즘도 99식 소총 써?"

"아니, 미군들이 쓰는 M1이랑 카빈 써."

"에무왕 말이지? 얘기 들었어. 방아쇠만 당기면 탕탕 나간다며?"

희준이 소총을 쏘는 시늉을 하자 형이 껄껄 웃었다.

"대신 엄청 무거워."

"진짜?"

"그럼, 얼마 전에 순천에서 입대한 신병이 그거 메고 사열 받다가 뒤로 넘어졌잖아. 너무 무거워서 말이야."

형이 뒤로 넘어지는 시늉을 하자 온 가족이 웃었다. 도로 몸을 일으킨 형에게 아버지가 물었다.

"밥은 잘 나오냐?"

"예전보다는 많이 좋아졌어요. 그러니까 걱정 마시고, 희준이 잘 챙겨주세요."

희준은 그 틈에 아까부터 하고 싶었던 말을 했다.

"아버지, 저 스키대회 나가게 참가비 좀 주세요."

"뭔 스키대회?"

"광장리 아차산에서 열리는 스키대회요. 오늘 강습회 갔다가 신청서 쓰고 왔어요."

"얼만데?"

옆에서 듣고 있던 어머니가 걱정스러운 표정으로 끼어들자 희준이 자랑스럽게 말했다.

"원래 백원인데 협회 특별 회원이라고 삼십원만 내면 된다고 했어요."

금액을 들은 아버지가 버럭 화를 냈다.

"썰매 하나 타는 데 뭔 놈의 돈을 그렇게 많이 내. 안 된다."

"아부지."

덜컥 겁이 난 희준이 애원하자 형이 아버지에게 말했다.

"제가 가져온 휴가비 있으니까 그걸로 내라고 할게요."

"어렵게 번 돈이잖냐."

"학창 시절인데 하고 싶은 거 하면서 지내야죠. 얘가 청진에 있을 때부터 스키를 얼마나 좋아했는지 아시잖아요."

그러면서 형은 희준의 머리를 쓰다듬었다.

"대신 공부 열심히 하고 부모님 말씀 잘 들어야 한다. 알았지?"

"네! 이등중사님!"

허리와 어깨를 편 희준이 우렁찬 목소리로 대답하자 밥상에 다시 웃음꽃이 피었다.


세상이 어둠에 잠길 무렵, 주섭은 동묘에 도착했다. 희미한 가로등 아래 군밤 장수가 다 떨어진 털모자를 쓴 채 손을 호호 불면서 손님을 기다리고 있었다. 청량리부터 동묘 부근까지는 월남한 사람들이나 재해로 집을 잃은 사람들을 위해 무료 숙박소가 지어지고 있었다. 근처의 동묘역에서는 일꾼들이 화차에 가득 실린 석탄을 내리는 중이었다.

횃불과 전깃불 사이로, 온몸에 검댕이가 묻은 일꾼들이 삽으로 연신 석탄을 퍼내는 모습을 본 주섭은 동묘의 외삼문이 있는 골목으로 들어섰다. 임진왜란 때 조선에 출병한 명나라 군 장수들의 요청으로 세워진 동묘는 관우를 모시는 사당이었다. 아버지는 신도 아니고 고작 관우를 모시는 곳이라면서 엄청 싫어했지만 떠나지는 못했다. 갈 곳이 없었기 때문이다. 골목길에 접어들자 비슷하게 생긴 집과 대문들이 보였다. 일제 강점기 때 지어진 한옥으로 외할머니가 하숙을 치던 곳인데, 일본에서 귀국한 주섭의 가족이 물려받았다. 대문을 열고 들어가자 마당 한쪽에 의자를 가져다 놓고 앉아서 졸고 있던 주현이 아저씨가 벌떡 일어났다.

"왔냐?"

기지개를 켜는 주현 아저씨에게 인사를 하고는 주섭이 물었다.

"아버지는 오셨어요?"

"안방에 계신다."

돌아서려던 주섭이 도로 의자에 앉는 주현이 아저씨에게 말했다.

"추운데 안에 들어가서 주무세요."

"아니다. 답답해서."

답답하다고 했지만 혹시나 누가 쳐들어올지 몰라서 지키고 있는 중인 게 분명했다. 안방 문을 연 주섭은 신문을 펼쳐 놓은 채 백두산 담배를 피우고 있는 아버지에게 인사를 했다.

"다녀왔습니다."

"어디 갔다 온 거냐?"

분명 나가기 전에 스키 강습회에 갔다 온다고 말했지만 아버지는 기억하지 못하는 것 같았다. 한숨을 쉰 주섭이 대답했다.

"스키 강습회 다녀왔어요."

"어둡기 전에 들어와라. 험악한 세상이다."

"알겠습니다. 밖에 주현이 아저씨 계시던데요."

"잠깐 들린 거다. 신경쓰지 마라."

"알겠습니다. 아버지."

몇 달 전부터 드나드는 주현이 아저씨는 착하고 좋은 사람이었지만 조선정판사 사건◆에 연루되었다는 얘기를 들은 적이 있었다. 어린 나이에 오사카로 건너간 아버지는 가족들을 병으로 잃고 자수성가했다. 차별과 설움 속에서 지냈던 아버지는 자연스럽게 사회주의에 빠져들었고, 광복 후 일본에서 돌아온 이후에도 그 끈을 놓지 않았다.

---

◆ 조선정판사 위폐 사건. 1945년 10월 조선정판사 사장을 비롯한 조선공산당원이 당의 자금 마련 및 경제 교란을 목적으로 위조지폐를 발행한 사건.

아버지의 생각에 남한은 유엔을 앞세운 미국의 식민지였기 때문이다. 작년에 돌아가신 외할머니의 유언과 어머니의 만류 때문에 남로당에 가입하거나 눈에 띄는 활동을 하지는 않았다. 하지만 집회에 참석하거나 동조자들을 숨겨주는 일을 해서 어머니는 내내 걱정을 하셨다. 스키대회 참가비 얘기를 하려다 어머니에게만 따로 말하기로 마음먹은 주섭은 조용히 안방 문을 닫았다. 신문을 보던 아버지는 나쁜 놈들이라는 욕설을 내뱉었다.

# 2
# 1948년 2월,
### 광장리 아차산

　희준이 아침 일찍부터 서두르자 어머니는 뭐가 그렇게 좋냐고 타박을 하면서도 김밥과 사이다가 든 보따리를 건네줬다. 며칠 전부터 어머니 몰래 부엌에서 훔친 들기름을 바른 스키와 스틱을 챙긴 희준은 조심스럽게 대문을 나섰다. 지난달보다 좀 나아지긴 했지만 날씨는 아직 쌀쌀해서 골목길은 여전히 빙판이었다. 게다가 간밤에 내린 눈으로 사람들의 발이 닿지 않은 모든 곳이 새하얬다. 하지만 커다란 솜바지를 입은 아이들은 허연 입김을 뿜어내면서 뛰어놀고 있었다. 그중 한 아이가 어깨에 스키를 멘 희준을 놀렸다.

　"저기, 저 아저씨 장대 메고 지나간다."

　그 얘기를 들은 아이들이 와 하고 소리를 지르며 쫓아왔다. 희준은 혹시나 스키에 흠집이 날까봐 한 손을 휘저었다.

"만지지 마."

하지만 아이들은 그 모습이 더 재미있는지 까르륵 웃으며 쫓아왔다. 골목길 중간의 담벼락 앞에는 밤새 얼어 죽었는지 거지가 눈을 흠뻑 뒤집어쓴 채 꼼짝도 하지 않고 엎드려 있었다. 그걸 본 아이들은 겁에 질렸는지 돌아서서는 흩어져버렸다. 희준 역시 눈을 질끈 감고 그 앞을 지나쳤다. 스키를 짊어지고 있어서 전차를 타야만 했다. 다행히 금천시장 정류장에 금방 전차가 도착했다.

스키를 끌어안은 희준은 사람들 틈바구니에 끼어서 숨도 제대로 못 쉬고 서울역으로 향했다. 넓은 서울역 광장에 내리자, 거지와 담배를 파는 행상들이 사람들에게 달려들었고, 소총을 둘러멘 경찰들은 매의 눈으로 지나가는 사람들을 지켜봤다. 한쪽에서는 지게꾼들이 승객들의 가방과 보따리를 메고 부지런히 걸어가는 중이었다. 서울역 광장에서 광장리의 아차산 스키장까지 타고 갈 차량이 준비되었다는 얘기를 들었기 때문이다.

서울역 광장 가운데 서서 주변을 둘러보는데 멀리서 제1회 스키대회라는 현수막을 두른 목탄 트럭이 보였다. 그 앞에 주섭이 서 있는 걸 본 희준은 반가운 마음에 소리쳤다.

"주섭아!"

주변을 돌아보며 소리가 나는 곳을 찾던 주섭이 인파를 헤치고 다가오는 희준을 발견하고는 한 손을 번쩍 들었다.

"여기야! 여기!"

주섭은 스키를 짊어진 채 다가온 희준을 웃으며 반겼다.

"오는 데 안 힘들었어?"

"말도 마. 전차에 사람이 얼마나 많은지 터질 뻔했어."

"나도 비슷했어. 일단 스키부터 올려놔."

"그래."

희준이 주섭과 함께 트럭의 짐칸에 스키를 올려놓고 한숨 돌리는데 조수석에서 내린 김종웅이 둘을 불렀다.

"아무래도 장작을 더 챙겨야겠다. 저기 장작 파는 수레에 가서 사오너라."

건네받은 지폐를 챙긴 주섭이 물었다.

"얼마나 사올까요?"

"한 묶음 정도, 운전수가 아차산을 올라가려면 장작을 좀 써야 할 것 같다고 그러더라."

"네."

거의 동시에 대답한 두 사람은 서울역 광장의 한쪽 구석에 줄지어 있는 수레 쪽으로 뛰어갔다. 콧김을 내뿜으며 되새김질을 하는 소가 수레에 묶여 있었다. 그 옆에서 군밤 장수 모자를 쓰고 구멍이 숭숭 뚫린 솜저고리와 솜바지를 입은 수레꾼들이 곰방대를 입에 물고 있었다. 쌀 한 가마니가 사십오원인데 담배 가격이 삼원이라서 가난한 사람들은 곰방대에 담배를 채워서 피우곤 했다. 희준은 그중에서 투박한 함경도 사투리를 쓰는 수레꾼에게 다가갔다.

"장작 한 묶음 얼마입니까?"

서울말이었지만 영락없이 함경도 말투라서 수레꾼은 대번에 물었다.

"고향이 어디냐?"

"청진이요. 어디서 오셨어요?"

"회령. 그래도 근처니까 싸게 줘야겠구만."

"고맙습니다. 장작을 몇 개 더 얹어주세요."

그렇게 장작 한 꾸러미에 장작 몇 개를 더 챙기고 돌아선 희준에게 주섭이 부러운 눈길을 던졌다.

"이야, 흥정 진짜 잘하네."

"고향 좋다는 게 뭐겠어."

둘은 목탄 트럭으로 돌아왔다. 그사이 몇 명이 더 왔는지, 근처에서 담배를 피우며 시끌벅적하게 떠드는 중이었다. 희준이 장작 꾸러미를 트럭의 짐칸에 올려놓자 담배를 비벼 끈 일행들이 하나둘씩 올라탔다. 둘은 자연스럽게 장작을 넣는 보일러 앞에 자리를 잡았다. 조수석에 탄 김종웅이 출발한다고 외치고 잠시 후, 트럭이 움직이기 시작했다.

희준과 주섭이 번갈아가면서 보일러에 장작과 숯을 집어넣었다. 한동안은 옆에 붙은 연통에서 시커먼 연기가 굉장히 많이 나와서 눈을 못 뜰 정도였다. 둘 다 정신없이 기침을 하면서도 웃었다. 한참 콜록거리던 희준이 눈물을 찔끔거리는 주섭에게 말했다.

"넌 뭐가 좋다고 그렇게 웃는 거야?"

"스키대회에 나가잖아. 지난달 남산 스키대회는 그냥 활주였고 이번엔 진짜니까."

같은 생각에 연기를 맡으면서도 웃고 있던 희준은 고개를 끄덕거렸다.

"눈이 진짜 많이 왔으니까 엄청 쌓여 있겠지?"

"그러게."

신이 난 두 사람이 웃고 떠들며 얘기를 주고받았다. 중간

중간 장작과 숯을 보일러에 넣고 쇠막대기로 쑤셔가면서 불 조절을 했다. 불이 약해지면 바닥에 깔려 있던 신문을 구겨서 넣었다.

불길이 세지면서 목탄 트럭은 도로를 질주했다. 여유를 찾은 희준이 주섭에게 말했다.

"이제 그만 넣어도 될 것 같아."

한숨 돌린 둘은 잠깐 휴식을 취했다. 그사이 희준이 바닥에 깔려 있던 신문 하나를 펼쳐서 읽었다. 그걸 본 주섭이 어깨를 치면서 놀렸다.

"이 와중에 공부하는 척을 해?"

"그냥 심심해서."

거드름을 피우는 척하면서 대답한 희준은 신문을 읽으면서 차츰 얼굴이 굳어졌다. 그걸 본 주섭이 다시 물었다.

"무슨 기사를 본 건데?"

그 물음에 희준은 자신이 읽던 신문 조각을 건네며 대답했다.

"북조선 중앙인민위원회 김일성 위원장이 유엔 한국임시위원단이 38선 이북으로 입경하는 걸 금지했나봐."

아버지에게서 그 이야기를 들어 이미 알고 있던 주섭은 어깨를 으쓱거렸다.

"미국이 주도하는 거라서 거절했겠지."

"어쨌든 통일이 되려면 빨리 총선거를 해야 하는데 정말 답답해."

"미국 주도로 선거를 치르면 서구 열강의 또다른 식민지가 될 뿐이야. 양쪽 모두 납득할 수 있는 조건 속에서 선거를 해야지."

주섭의 대답을 들은 희준이 살짝 흥분했다.

"북조선에 내내 끌려갈 수는 없어. 걔들은 정말 위험하다고."

"서로 생각이 다른 거지."

희준은 예상 밖의 대답에 주섭을 바라봤다.

"네가 직접 겪어보지 않아서 그래."

"그러니까 더 조심스럽게 접근해야지."

어깨를 으쓱거리며 대답한 주섭에게 희준이 말했다.

"아예 빼놓고 선거를 치렀으면 좋겠어."

"북조선을 뺀다고? 그럼 분단이야, 분단."

"어차피 지금도 우리가 인구도 많잖아. 북조선이랑 같이 총선을 치르면 좋겠지만 그게 안 되면 우리끼리라도 치러야지."

"북조선을 배제하면 문제가 더 커지고 말 거야."

"지금도 어차피 커졌잖아. 북조선에서 못 들어오게 하고 방해만 하고 있는 게 안 보여?"

희준이 언성을 높이자 주섭이 답답하다는 표정을 지었다.

"지금 남조선에는 미군이 주둔하고 있어. 그런 상태에서 제대로 된 선거가 치러질 것 같아?

"그럼 어쩌자는 건데?"

"미군이 철수한 다음에 양쪽이 동시에 선거를 하면 되잖아. 외세의 간섭을 배제하고 말이야."

그 말에 희준이 고개를 절레절레 저었다.

"북조선 놈들이 퍽이나 응하겠다."

"그럴수록 대화를 해야지. 우리가 갈라서면 제국주의자들이나 좋아할 거야."

뜻밖의 대화로 인해 갑작스럽게 분위기가 어색해지고 말았다. 희준은 헛기침을 하면서 고개를 돌렸고, 주섭도 딴청을 피웠다. 청진에 살다가 월남한 희준에게 북조선은 믿을 만한 존재가 아니었다. 반면, 일본에서 오랫동안 지내다가 귀향한 주섭은 기껏 광복을 했음에도 불구하고, 양쪽으로 갈라져 갈

등을 벌이는 것이 이해되지 않았다.

같은 취미를 가진 친구가 서로 다른 생각을 품고 있다는 점은 양쪽을 모두 곤혹스럽게 만들었다. 하지만 부모 자식 간에도 서로 생각이 다른 게 이상하지 않을 법한 세상이었다. 둘은 한참 후에 조심스럽게 서로의 얼굴을 마주보고 웃는 것으로 암묵적인 화해를 했다. 답을 찾을 수 없는 갈등으로 좋아하는 취미를 즐기는 데 방해를 받을 수는 없었기 때문이다.

그사이 종로를 지난 버스는 동대문과 제기동을 거쳐서 동쪽으로 계속 달렸다. 촘촘히 있던 집들이 사라지고 벌판이 나타날 즈음, 멀리 아차산이 보였다. 산꼭대기에 눈이 잔뜩 쌓여 있는 걸 본 둘은 신이 나서 소리를 질렀다. 하지만 오르막길이 시작되자 목탄 트럭은 서서히 속도가 줄었다. 결국 바퀴가 헛돌자 조수석에 있던 김종웅이 내렸다.

"미안한데 다들 내려서 걸어야겠다. 장비는 놔두고 내려."

참가자들이 투덜거리며 짐칸에서 내렸다. 희준과 주섭 역시 눈이 쌓인 길 위로 뛰어내렸다. 그들에게 다가온 김종웅이 미안한 표정을 지었다.

"목탄 트럭이 내리막에서는 귀신, 오르막에서는 병신이라서 말이야."

"괜찮습니다. 늦지만 않으면 돼요."

쾌활한 표정으로 희준이 말하자 주섭 역시 고개를 대차게 끄덕거렸다.

"그럼요."

"아이고, 스키가 그렇게 좋아?"

둘이 동시에 예라고 대답하자 같이 걷던 참석자들까지 웃었다. 목탄 트럭이 내뿜는 매연을 마시며 고갯길을 올라간 일행은 마침내 꼭대기에 도착했다. 이미 와 있던 대한스키협회 임원들이 반갑게 맞이했다. 김종웅이 그들과 인사를 하는 사이, 희준과 주섭은 슬로프를 내려다봤다. 주섭은 눈이 빠르게 굴러가는 걸 보면서 혀를 내둘렀다.

"남산이랑은 비교도 안 되네."

"왜 겁나?"

희준이 팔을 툭 치면서 장난스럽게 묻자 주섭은 떠밀리는 시늉을 했다.

"전혀, 엄청 기대돼."

곧 대회를 시작하니까 모이라는 외침이 들렸다. 소리의 근원지로 눈을 돌리니 통나무로 만든 단상 위에 사람들이 올라가 있는 게 보였다. 앞에 선 김종웅이 사람들에게 말했다.

"대한스키협회 권영대 회장의 인사말이 있겠습니다. 모두 박수를 부탁드립니다."

쏟아지는 박수 속에서 털모자와 선글라스를 쓴 남자가 단상에 올랐다.

"오시느라고 모두 고생이 많으셨습니다. 원래대로면 금강산의 삼방협에서 열렸어야 하는데 38선으로 왕래가 자유롭지 못한 상황입니다. 그래서 어디서 대회를 치를까 하다가 서울에서 가까운 여기 광장리♦ 아차산으로 오게 되었습니다. 비록 여러모로 아쉽기는 하지만 대한스키협회의 역사적인 첫번째 대회를 치를 수 있게 되어서 너무나 감개무량합니다. 더군다나 8일, 오늘은 학생부 경기가 열립니다. 양정중학교를 비롯해서 많은 학교에서 온 참가자들이 마음껏 기량을 뽐내기를 바라면서 개회사를 마치도록 하겠습니다."

권영대 회장의 얘기가 끝나자 김종웅이 바로 단상에 올라갔다.

"회장님 말씀대로 오늘은 학생부 경기가 열립니다. 종목은 400미터 회전과 1,000미터 활강으로 나눠서 진행됩니다. 오

---

♦ 지금의 성동구 광장동. 1948년 당시에는 경기도에 속해 있었으며 광장리라고 불렸다.

른쪽에 노란 깃발이 꽂혀 있는 곳이 400미터 회전 경기가 열리는 슬로프고, 왼쪽에 하얀 깃발이 꽂혀 있는 곳이 1,000미터 활강 경기가 열리는 슬로프입니다."

김종웅의 얘기가 끝나자 참석자 중 한 명이 손을 번쩍 들었다.

"회전은 뭐고 활강은 또 뭡니까?"

다들 크게 웃었지만 희준은 주섭의 옆구리를 팔꿈치로 찔렀다.

"뭔지 알아?"

"알긴 아는데 설명할 정도는 못 돼."

김종웅은 웃음이 가라앉자 차분하게 말했다.

"회전 경기는 정해진 코스를 따라 내려가는 방식입니다. 중간중간에 깃발들이 있는데 깃발과 깃발 사이를 통과해야만 합니다."

"깃발을 통과하지 못하면요?"

이어지는 질문에 김종웅이 대답했다.

"십 초의 감점이 있습니다."

"깃발은 모두 몇 개가 꽂힙니까?"

"원래 규정대로라면 55개 이상이 꽂혀야 합니다."

뒤이어 활강 경기는 뭐냐는 물음이 다시 던져졌다. 김종웅은 이번에도 웃으며 말했다.

"회전 경기가 기문을 통과하는 순발력을 본다면 활강 경기는 누가 빠르냐를 따지는 종목입니다. 여기에는 기문이 없는 대신 관문이 몇 개 있습니다. 그 아래를 통과해서 결승선으로 가장 빨리 들어오는 쪽이 우승을 합니다."

김종웅의 얘기를 들은 희준이 알은척했다.

"그러니까 회전은 기문을 요리조리 빠져나가는 거고 활강은 그냥 쑥 하고 내려가는 거란 말이잖아."

"그런 것 같아. 회전은 얼마나 커브를 잘 틀고 순발력이 좋은지를 따지는 거고, 활강은 얼마나 빨리 내려가는지를 따지는 것 같아."

둘이 얘기를 주고받는 와중에 김종웅이 경기 진행 방식을 설명했다.

"각자 가져온 참가증에 적힌 번호에 맞는 번호표를 달고 순서대로 출발합니다. 번호표를 달지 않으면 완주를 해도 무효 처리를 할 겁니다. 삼십 분 후에 400미터 회전 경기부터 시작합니다. 번호표는 뒤에 있는 스키협회 임원들이 나눠줄 겁니다. 그리고 후원사인 동아일보에서 취재를 나왔으니까 다들 열심히 해주시기 바랍니다."

김종웅의 말이 끝나자 다들 번호표를 받기 위해 임원들에게 몰려갔다. 둘 역시 가져온 참가증을 보여주면서 번호표를 받았다. 그사이 신문기자와 사진기자가 눈 위를 다니면서 취재를 했다. 학교별로 모인 참가자들은 단체 사진을 찍기도 했다. 숨을 쉬면 입김이 나올 정도로 추웠지만 스키를 탈 수 있다는 생각 때문인지 다들 추위를 잊고 번호표를 받으려고 했다. 임원들이 나눠준 번호표는 광목천에 붓으로 크게 숫자가 적혀 있었다. 선수들은 가슴에 그 번호표가 보이도록 끈으로 묶었다. 손을 뒤로해서 묶을 수 없기 때문에 둘은 서로의 번호표를 묶어줬다. 그사이 슬로프를 점검하고 길을 들이기 위해 스키협회 소속 선수 몇 명이 활주를 했다. 옆으로 회전을 하는데 눈보라가 파도처럼 치는 걸 본 희준은 가슴이 두근거렸다.

"우와! 저거 봐봐!"

흥분한 희준의 말에 주섭이 이를 드러냈다.

"끝내주네."

"어서 타보고 싶네."

출발선이 그려지고 번호가 앞쪽인 선수들이 모였다. 첫번째로 출발하는 선수가 양정중학교 출신인지, 몇 명이 학교 이름을 외치면서 응원했다. 심판이 출발 신호로 깃발을 내리자 첫번째 선수가 스틱을 힘껏 찍으며 슬로프를 내려갔다. 주변에 있던 선수들은 물론 좀 떨어져 있던 두 명도 주먹을 불끈 쥐며 힘내라고 외쳤다. 그러곤 슬금슬금 옆으로 다가가서 내려가는 걸 지켜봤다.

처음에는 쏜살같이 잘 내려갔지만 기문을 몇 개 제대로 지나치지 못하자 허둥지둥거리다가 그만 넘어지고 말았다. 출발선에서 그걸 본 선수들은 다 같이 배꼽을 잡고 웃었다. 넘어진 선수는 내려가는 속도를 이기지 못해 계속 뒹굴었다. 그러면서 스키와 스틱이 허공으로 날았다. 뒹군 채 결승선까지 내려간 선수를 심판이 다가가 살펴봤다. 그걸 본 주섭이 말했다.

"웃음거리가 안 되려면 잘해야겠는걸."

"그러게. 회전할 때 조심하지 않으면 저 꼴 날 거 같아."

다행히 두번째 선수는 무사히 완주했다. 그걸 보면서 용기를 낸 둘은 스키 부츠를 신고 바인딩을 끼우며 준비를 했다. 주섭이 먼저였기 때문에 심판에게 먼저 이름이 불렸다. 희준이 어깨를 툭툭 치면서 힘내라는 말을 했다. 바짝 긴장한 표정의 주섭이 출발선으로 가서 바인딩에 스키 부츠를 끼웠다. 그걸 지켜보던 심판이 물었다.

"준비됐어?"

모자를 꾹 눌러쓴 주섭이 대답했다.

"네!"

그러자 깃발을 든 심판이 잠시 후 외쳤다.

"레디 고!"

주섭이 자리를 박차고 슬로프를 내려갔다. 뒤에 있던 희준은 고개를 빼고 내려가는 그의 뒷모습을 바라봤다. 초반에 크게 휘청거리면서 넘어질 것처럼 보였는데 다행히 위기를 넘길 수 있었다. 한숨을 내쉰 희준이 바라보는 가운데 주섭은 다시 속도를 높여 기문들을 지나쳤다. 생각보다 턴이 좋은 걸 보며 희준이 중얼거렸다.

"언제 저렇게 연습한 거야?"

결승선을 앞두고 다시 뒤뚱거리기는 했지만 넘어지지 않고 통과하는 데 성공했다. 결승선을 무사히 통과한 주섭이 주먹을 불끈 쥐고 위쪽을 쳐다봤다. 신이 난 희준도 두 손을 번쩍 치켜들었다.

"이야!"

그 뒤로 몇 명의 선수들이 슬로프를 내려갔고, 곧 희준의 차례였다. 몸에 묶은 번호표가 잘 붙어 있는지 확인한 희준은 스키복 대신 입은 미군 점퍼의 지퍼를 끝까지 올리고, 바인딩에 스키 부츠를 끼운 다음 다리를 털었다. 그는 옆으로 걸어서 출발선에 섰다. 깃발을 든 심판이 다가와서 눈으로 상태를 확인하고는 고개를 끄덕거렸다. 심장이 두근거려서 가슴이 터질 것같이 긴장했다. 하지만 결승선 근처에 있던 주섭이 손을 흔드는 걸 보고는 그나마 진정이 되었다. 이번에도 심판이 '레디고'라고 외쳤다.

스틱으로 바닥의 눈을 힘껏 찍은 희준은 마치 새의 날개처럼 두 팔을 벌린 채 슬로프를 탔다. 예상보다 빠른 속도에 잠시 당황했지만 곧 정신을 차렸다. 주섭을 비롯해서 앞선 선수들의 움직임을 봤던 게 도움이 되었다. 스틱을 옆구리에 끼고 몸을 낮춘 채 속도를 냈다. 첫번째 기문을 스쳐지나간 이후 몸을 틀면서 스키를 오른쪽으로 살짝 기울였다.

스키를 타고 내려가면서 단순히 몸을 트는 것으로 방향을 돌릴 수는 없었다. 일단 몸을 옆으로 기울여서 무게중심을 옮기고, 스키는 A자 형태로 유지한 채 스키 바닥을 살짝 들면서 조심스럽게 틀어야 했다. 왼쪽으로 회전하려면 몸을 왼쪽으로 살짝 기울인 채 스키의 오른쪽 바닥을 살짝 드는 식이었다. 그래야 스키의 방향이 자연스럽게 틀어졌다. 몸의 무게중심을 기울이지 않고 스키만 틀면 넘어지거나 혹은 원하는 지점에서 다시 틀지 못한 채 직진해버리고 만다.

거기다 무게중심이 흐트러지면 넘어지기 일쑤였는데 속도가 붙게 되면서 균형을 잡기 힘들기 때문이다. 스키 강습회와 몇 번의 연습을 통해 그런 사실들을 잘 알고는 있었지만 슬로프에서 제 실력을 발휘하는 건 전혀 다른 문제였다. 쉴 새 없이 몰아치는 바람과 경험해보지 못한 엄청난 속도는 사람을 당황시키기에 충분했다. 그 와중에 실수를 하게 되고, 그러면 넘어지거나 코스를 벗어나게 된다.

숨을 짧게 몰아쉰 희준은 속도 때문에 좁아진 시야로 보이는 기문들 사이를 힘겹게 통과했다. 미군 점퍼와 모자는 바람에 파르르 떨리면서 당장이라도 날아갈 것처럼 흩날렸다. 수십 개의 기문들을 정신없이 통과하자 결승선이 보였다. 눈을 가늘게 뜨고 집중하면서 마지막 기문을 지나치는데 갑자기 균형을 잃었다. 앞선 선수들이 지나가면서 깊게 파인 곳을 지나치자 휘청거린 것이다.

"우와!"

흔들리는 와중에 두 팔을 벌리면서 간신히 균형을 잡았다. 그러면서 결승선을 통과했는데 지나치자마자 옆으로 넘어지면서 데굴데굴 굴러가고 말았다. 넘어진 희준에게 주섭이 부리나케 다가왔다.

"야! 괜찮아?"

"나, 무사히 통과한 거 맞지?"

일어나지 못한 채로 희준이 묻자 주섭이 이를 드러내며 웃었다.

"지나쳤는지 아닌지는 모르겠지만 어쨌든 들어오긴 했어. 엄청 빠르던데?"

"진짜?"

"그럼, 기문도 안 놓치고 들어온 거 같아."

주섭이 내민 손을 잡고 일어난 희준은 결승선에서 스톱워치를 들고 있는 심판에게 다가갔다. 입김을 호호 불면서 종이에 기록을 적던 심판이 말했다.

"19번, 배재중학교 한희준, 1분 42초 6!"

"이야! 2분을 안 넘겼어."

신이 난 희준이 방방 뛰면서 웃자 주섭도 따라서 웃었다. 그런 둘에게 심판이 말했다.

"다음 선수 내려오고 있으니까 뒤로 물러나라. 위험해."

서둘러 스키와 스틱을 챙긴 둘은 뒤쪽으로 물러났다. 잠시 후, 사르륵거리며 눈을 쓸어내며 다음 선수가 도착했다. 예상보다 빨리 도착하자 둘은 놀란 표정으로 서로를 바라봤다.

"빠른데?"

둘은 호기심에 심판 곁으로 다가갔다. 심판 역시 스톱워치에서 눈을 떼지 못했다. 그러면서 나지막하게 중얼거렸다.

"저거 저 자식, 보지도 못했던 자식이."◆

심판의 말을 들으며 희준이 주섭에게 속삭였다.

"대체 기록이 얼마나 나왔길래 심판이 저러는 거야?"

그때 심판이 외쳤다.

"20번, 경신중학교 임경순◆◆, 1분 9초 8!"

그 소리에 주변의 선수들은 하나같이 놀랐다. 주섭 역시 놀란 표정으로 희준의 옆구리를 찔렀다.

"저게 가능한 기록이야?"

"그러게, 엄청 빨리 내려오긴 했지."

선수들과 협회 관계자들이 웅성거리는 가운데 임경순은 바인딩에서 스키 부츠를 풀고 온몸에 묻은 눈을 털어냈다. 호

---

◆ 실제로 임경순의 회고록에서 심판이 스톱워치를 보면서 중얼거렸던 말이다.
◆◆ 제1회 스키대회 학생부 회전과 활강 경기 우승자이다. 이후 1960년 미국에서 열린 제8회 동계올림픽에 우리나라 최초의 스키 대표 선수로 출전하였다.

기심을 느낀 둘은 그에게 다가갔다. 헛기침을 하며 희준이 물었다.

"몇 학년이야?"

"4학년입니다."

"고향은?"

스키를 세우고 스틸에지를 살펴보던 임경순은 둘을 번갈아 보다가 대답했다.

"재령입니다."

"스키는 어디서 배웠는데?"

주섭이 묻자 임경순이 스틱을 살펴보면서 입을 열었다.

"만주 통화요. 왜정 때 아버지를 따라갔다가 거기서 배웠어요."

"거긴 눈이 많으니까 스키를 타기 좋았겠네."

"처음에는 스케이트였어요. 근데 대동아전쟁이 길어지면서 일본이 철을 다 가져가는 바람에 스케이트를 못 탔습니다."

"그래서 스키로 갈아탄 거야?"

"네. 군인들이 스키 타는 걸 보고 호기심을 느껴서 아버지한테 근처에 있는 남산 스키장에 데려다달라고 해서 탔어요."

"누가 가르쳐줬니?"

"아뇨, 가보니까 일본 사람들이 자기네끼리 무슨 대동아 스키대회니 하면서 활주도 하고 점프도 하면서 스키를 타더라고요. 그래서 지켜보면서 배웠죠."

독학으로 스키를 배웠다는 말에 둘은 할말을 잊은 채 서로의 얼굴만 바라봤다. 그 뒤로 다른 사람들이 우르르 몰려와서 임경순의 장비도 만져보고 이것저것 질문을 던졌다. 그러다가 누군가 만주서 온 놈이 이겼다고 말했다. 자연스럽게 밀려난 둘은 어색하게 웃었다.

"뛰는 놈 위에 나는 놈 있다더니, 진짜 그 꼴이네."

주섭의 말에 희준 역시 고개를 절레절레 저었다.

"혹시나 했는데 그냥 참가하는 데 의의를 둬야겠어."

"그래도 내가 너보다 2초 빨랐어."

주섭의 장난기 어린 얘기에 희준이 코웃음을 쳤다.

"활강에서는 다를걸. 두고 보라고."

둘은 서로 주먹으로 툭툭 치면서 슬로프 옆을 걸어 올라갔다. 옆으로는 눈보라를 흩날리면서 선수들이 기문을 통과하는 중이었다. 마지막 선수까지 내려왔지만 아무도 임경순보다 빠르지 못했다. 마지막 선수의 기록을 확인한 사람들이 박수를 쳐주자 임경순은 쑥스러운 표정을 지었다. 경신중학교 출신으로 보이는 몇몇 참가자들이 주먹을 불끈 쥔 채 학교 이름을 외치면서 주변을 감쌌다.

회전 경기가 끝나고 도시락으로 점심을 때우면서 잠깐의 휴식이 이어졌다. 사람들은 눈밭 여기저기에 흩어져서 싸가지고 온 도시락을 먹거나 담배를 피웠다. 바위에 걸터앉아서 도시락을 먹은 둘은 오후의 따뜻한 햇빛을 만끽하면서 휴식을 취했다. 손으로 차양을 만들어서 하늘을 올려다보던 희준이 말했다.

"활강도 아까 그 만주에서 온 녀석이 우승하겠지?"

"회전이랑 활강은 다르니까 모르지."

얘기를 주고받던 둘은 잠시 화제가 끊기자 입을 다물었다. 그러다가 시합을 시작한다는 얘기를 듣고는 옆에 내려놓은 스키를 들어서 어깨에 걸쳤다. 단상 위에 올라가 있던 김종웅이 터덜터덜 다가오는 두 사람을 보고는 씩 웃었다.

"점심 잘 드셨습니까?"

김종웅의 물음에 다들 예, 라고 대답한 가운데 누군가 굶었다고 말하자 웃음이 터졌다. 다들 한참 웃고 난 후에 김종웅이 왼쪽의 하얀 깃발을 바라봤다.

"오후에는 활강 경기가 있을 예정입니다. 오전에 소개한 것처럼 활강 경기는 속도를 측정하는 것으로 기문이 아니라 몇 개의 관문을 통과하는 방식입니다. 거리는 회전 경기보다 훨씬 길지만 속도를 충분히 낼 수 있기 때문에 더 빠른 기록들이 나오리라 예상합니다. 오후에 접어들면서 햇볕이 강해지고 있습니다. 눈이 좀 녹아서 이전보다 더 미끄러질 수 있다는 점 감안하고 경기에 임해주시기 바랍니다. 출발 순서는 아까처럼 번호표에 적힌 대로입니다. 그럼 십 분 후에 시작하겠습니다."

짧고 간결하게 얘기한 김종웅이 단상을 내려오자 나지막한 박수소리가 들렸다. 둘은 스키를 어깨에 멘 채 흰색 깃발이 꽂혀 있는 활강 경기의 출발선으로 다가갔다. 먼저 도착한 선수들이 학교별로 모여서 얘기를 나누는 중이었다. 오전과는 달리 슬로프 분석을 하면서 서로의 경험담을 나누고 있었다. 그사이 동아일보에서 온 기자가 아까 회전 경기에서 우승한 임경순과 인터뷰를 하는 게 보였다. 주섭이 부러운 눈으로 쳐다보자 희준이 그걸 보고 웃었다.

"야! 설마 우승할 생각으로 출전한 거야?"

"그냥 혹시나 했지, 뭐."

선수들이 차례대로 줄을 서서 순서를 기다리는 가운데 첫번째 선수가 출발했다. 수십 개의 기문을 요리조리 통과해야 하는 회전에 비해, 몇 개의 관문만 통과하면 되는 활강 경기는 금방금방 선수들이 결승선까지 내려갔다. 오전에 비해 넘어지는 선수도 별로 없었다. 하지만 종종 균형을 잃고 허우적거리다가 넘어지는 선수들이 있었다. 주섭과 희준 역시 별다른 무리 없이 내려오는 데 성공했다. 바인딩에서 스키를 풀자마자 옆으로 물러난 희준은 주섭에게 물었다.

"내려오고 있어?"

슬로프를 올려다보던 주섭이 고개를 끄덕거렸다.

"이번에도 쏜살같네."

고개를 돌린 희준은 결승선을 막 통과한 임경순을 보고는 입을 다물지 못했다.

"이번에도 우승하겠는걸?"

임경순의 기록을 잰 심판의 입에서 1분 1초 4라는 숫자가 나왔다. 그걸 들은 희준이 가볍게 한숨을 쉬었다.

"잘하면 1분 만에 돌파할 뻔했는데!"

"그러게."

아직 남은 선수들이 있긴 했지만 사실상 우승이나 다름없었기 때문에 이번에도 주변에 모여든 선수들이 환호성을 질러줬다. 고개를 숙인 임경순이 쑥스러운 듯 뒤통수를 긁적거렸다.

"대단하네."

감탄스러운 표정을 지으며 말하는 희준에게 주섭이 얘기했다.

"역사적인 순간에 함께 있는 우리도 대단한 거지."

"그런 셈이네."

슬로프 옆을 걸어서 올라가 시상식에 참석했다. 두 개의 메달을 건 임경순이 상기된 표정으로 정신없이 인사를 했다. 시상식이 끝난 후에는 회장의 폐회사가 있었다. 역사적인 제1회 스키대회에 참석해줘서 감사하다는 말과 함께 조심해서 돌아가라는 말로 마무리되었다. 한겨울이라 해가 일찍 질 기미가 보였다. 보일러에 불을 때는지 한쪽에 있던 목탄 트럭들에서 연기가 모락모락 피어올랐다. 하지만 예열이 되려면 꽤 시간이 필요했기 때문에 둘은 약속이나 한 듯 말했다.

"한번 더 탈래?"

둘은 낄낄거리며 슬로프가 있던 곳으로 뛰어갔다. 다른 선수들도 아쉽기는 마찬가지였는지 스키를 타고 언덕을 내려가는 중이었다.

"이번엔 우리 둘이 승부하는 거다."

희준이 바인딩에 스키 부츠를 서둘러 끼우며 말하자, 주섭이 코웃음을 쳤다.

"어림도 없지."

둘은 거의 동시에 언덕 아래로 질주했다.


한 시간쯤 후, 드디어 예열을 마친 목탄 트럭이 서서히 움직이기 시작했다. 둘은 이번에도 짐칸의 보일러 앞에 앉아서 나무와 석탄을 뗐다. 다행히 올 때와는 달리 내리막길이라서 내리지 않고 쭉 타고 갈 수 있었다. 여전히 연기가 났지만 스키를 타느라 젖은 옷을 말릴 수 있어서 좋았다. 둘은 오늘 혜성처럼 나타나서 회전과 활강 경기에서 우승한 임경순에 대해서 얘기를 나눴다.

"둘 다 우승할 줄은 몰랐는데 말이야."

주섭의 말에 희준이 어깨를 으쓱거렸다.

"빠르긴 엄청 빠르더라. 휘청거리지도 않았어."

"그러게."

둘은 오늘 있었던 이런저런 일들에 대해 얘기를 나눴다. 하지만 아침에 오면서 벌였던 말싸움을 떠올리면서 정치에 관한 얘기는 하지 않았다. 순조롭게 달리던 목탄 트럭은 동대문에 도착할 즈음 멈췄다. 매연 때문에 앞이 보이지 않았던 희준은 고장이 난 줄 알고 조수석에 있는 김종웅에게 소리쳤다.

"내려서 밀어야 합니까?"

"아니, 앞쪽에 시위◆야."

김종웅의 심드렁한 대꾸에 희준은 고개를 길게 빼고 앞쪽을 바라봤다.

"규모가 꽤 크네요."

"어제부터 좌익 쪽이 총동원되어서 벌이는 시위라서 그럴 거야. 언제 조용해지려나?"

넋두리처럼 중얼거리는 김종웅의 말에 희준은 구호를 외치며 걷는 시위대를 물끄러미 바라봤다. 대부분 허름한 옷차림의 노동자들이었는데 종로 쪽으로 향하는 길을 온통 차지했다. 앞에서 들려오는 구호를 따라 외치면서 행진을 하는 중이었다. 시위는 자주 벌어지는 편이었지만 이번에는 규모가 좀 컸다. 거리를 전부 메운 것은 물론, 한없이 이어져 있어서 그

---

◆ 제1회 스키대회 학생부 경기가 열렸던 1948년 2월 8일에는 남한 단독선거에 반대하는 시위가 벌어지고 있었다.

끝이 보이지 않았다. 행진을 하면서 중간중간 삐라 같은 걸 뿌렸는데 마치 눈처럼 팔락거리며 땅으로 떨어졌다. 한동안 기다리던 김종웅도 더이상은 어려웠는지 조수석에서 내려서 짐칸 쪽으로 왔다.

"미안한데 여기서부터는 걸어가는 게 좋겠다."

상황이 상황인지라 다들 아무 말 없이 내려서 스키를 챙겼다. 스키를 어깨에 걸친 두 사람도 시위대로 가득찬 차도 옆의 인도로 들어섰다. 불안한 표정으로 시위대를 지켜보던 고무신 가게 주인이 서둘러 문을 닫는 게 보였다. 시위대가 뿌린 삐라를 집어든 주섭이 말했다.

"남한 단독선거를 반대하는 시위대인가보네."

그 얘기를 들은 희준이 얼굴을 찌푸렸다.

"북조선 편드는 시위였네."

"그게 왜 북조선을 편드는 건데?"

"남북이 같이 총선거를 치르는 걸 막은 건 북조선이니까."

"미국을 비롯한 서구 제국주의자들의 간섭을 받아들이지 않겠다는 뜻이지."

"어쨌든 선거를 막는 거잖아. 그래 놓고 왜 유엔 한국위원단 책임이라고 하는지 모르겠어."

희준이 흥분한 말투로 얘기하자 주섭이 똑바로 바라봤다.

"이럴수록 냉정해야지. 자칫하다가는 여기서 완전히 갈라질 수도 있어."

"그게 누구 때문인데? 넌 자꾸 왜 걔들 편을 드는 거야?"

"그러지 않으면 영영 쪼개지니까."

"지금이라도 북조선이 유엔 한국위원단의 입국을 허용하고 같이 총선거를 치르면 돼. 근데 안 하잖아. 왜 그러겠어? 선거를 하면 자기네들이 질 거 같으니까 그런 거라고."

"미국이랑 그 하수인들이 판을 치는데 선거가 제대로 치러지겠어?"

"그럼 북조선은? 소련이랑 그 하수인들이 다 차지하고 있잖아. 자기편이 아니면 괴롭혀서 쫓아내고."

"헛소문이야. 그거."

주섭이 한심스럽다는 듯 말하자 희준이 멱살을 잡았다.

"헛소문이긴, 우리 가족이 그렇게 해서 내려왔어. 아버지가 평생 농사짓던 땅이랑 집 다 놔두고 말이야."

희준의 침울한 표정을 본 주섭이 대답했다.

"미안, 몰랐어."

주섭의 사과에 희준이 멱살을 잡았던 손을 놨다. 하지만 주섭은 생각이 변하지는 않았다는 듯 덧붙였다.

"하지만 개인적인 경험에 지나치게 의존하지는 마."

희준은 그 말을 들으며 헛웃음을 지었다. 그러곤 툭 내뱉
었다.

"평행선일 것 같으니까 그만하자. 난 이쪽으로 갈게. 다음
에 보자."

그다음이라는 게 아마 개학 때일 거라는 사실을 짐작한 주
섭이 안타까운 표정을 지었다.

"그래. 다음에 보자."

날씨만큼이나 싸늘하게 식어버린 두 사람은 각자 흩어져
서 집으로 향했다.


스키를 어깨에 짊어진 채 종로 거리를 지나친 희준은 서촌
의 고갯길을 느릿하게 올라갔다. 이미 어두워진 지 오래였지
만 가로등은 켜지지 않아서 어둡기 그지없었다. 집에 도착한
그는 스키를 내려놓고 짓눌린 어깨를 주먹으로 두드렸다. 몸
은 이미 한없이 지쳤고, 막판에 주섭과 다투면서 마음까지도
지쳐버렸다. 문을 열고 들어서자 자그마한 마당과 주변을 둘
러싼 한옥이 보였다. 대문 가에 스키를 세워둔 희준은 대청의

댓돌 위에 군화가 나란히 세워져 있는 걸 보고는 소리쳤다.

"형이다!"

그가 소리를 지르며 마당을 가로질러 뛰어오자 마침 부엌에서 상을 들고 나오던 어머니가 말했다.

"어딜 뒹굴다 와서 옷이 그 모양이야?"

"형 언제 왔어요?"

"좀 전에 왔다. 씻고 안방으로 들어와라."

"네!"

대청에 걸터앉아서 신발을 벗어던진 희준은 부엌과 연결된 쪽문을 밀고 들어갔다. 아궁이 옆의 항아리에서 바가지로 물을 푼 그는 손과 얼굴을 대충 씻고는 서둘러 안방으로 들어갔다.

"형!"

그러자 아버지와 술잔을 기울이고 있던 형 희섭이 활짝 웃었다.

"아이고, 동생 왔냐?"

문을 닫고 두리번거리던 희준은 옷걸이에 걸려 있던 형의 군복을 걸쳤다. 그걸 본 어머니가 등을 찰싹 때렸다.

"아니, 그걸 네가 왜 입어?"

"나도 형 따라서 군인 될 거니까 미리 입어봐야지."

"우리 집안에 군인은 하나면 족해. 너는 공부해야지."

어머니의 말에 아버지가 쌍심지를 켰다.

"군인이 어때서? 나라를 지키려면 군인이 되어야지."

"아니, 가뜩이나 흉흉한 판국에 자식 둘을 몽땅 군대에 보내면 어떡해요?"

부모님 간의 말싸움이 일어날 기미가 보이자 희준은 재빨리 군복을 벗었다. 그리고 형이 눈치 빠르게 끼어들었다.

"일단 학교 졸업하고 생각해보자."

"재미도 없는데, 뭘."

"학교를 재미로 다니는 사람이 어딨어? 그리고 군대는 몇 배 더 힘들다."

"그래도 난 군인이 될래."

희준이 한쪽 눈을 감고 총을 쏘는 시늉을 하자 아버지가 호탕하게 웃었다.

"우리 집안에 장군이 둘이나 나오겠구나."

그러자 형이 아버지에게 정종을 따라주면서 슬쩍 말했다.

"그래도 희준이는 공부를 더 시키시죠. 학비는 제가 보태겠습니다."

그렇게 얘기가 오가는 사이, 아버지는 밥상 옆에 접어둔 신문을 내려다봤다. 그러고는 답답한 표정을 지으며 조끼에서 담배를 꺼냈다. 형이 성냥을 켜서 불을 붙여주며 물었다.

"왜 그러세요?"

"어제부터 빨갱이들이 파업을 시작한 모양이다."

담배에 불이 붙자 성냥을 흔들어서 끈 형이 고개를 끄덕거렸다.

"안 그래도 연대에도 비상이 걸려서 하마터면 못 나올 뻔했습니다."

"이거 봐라. 어제 새벽에 영등포랑 대전 같은 곳의 우체국을 습격해서 전화선을 끊었다는구나. 변전소의 전기도 끊어서 전차도 운행을 못했고 말이다."

"마지막 발악인 것 같습니다."

"총선거가 남쪽이랑 북쪽 같이 치러지면 가장 좋지. 하지만 소련이 저렇게 반대하고 나오면 그냥 우리끼리 총선을 치를 수밖에는 없어."

북조선은 믿을 수 없다는 아버지의 강한 믿음이 섞인 주장이었다. 희준도 같은 생각이었다. 하지만 오늘 돌아오는 길에 종로에서 마주친 대규모 시위대를 보면서 머리가 많이 복잡해졌다. 깊게 한숨을 쉰 아버지가 말했다.

"이러다가 여기도 북조선 꼴 나겠어."

담배를 깊게 빤 아버지의 입에서 연기가 흘러나왔다. 희준이 벗어둔 군복을 만지작거리던 형이 말했다.

"사실 군대도 좀 걱정스럽습니다. 좌익 사상을 가진 간부랑 병사들이 있거든요."

"아니, 군대도 그 모양이란 말이냐?"

"입대할 때 사상 검증이나 신원 조회를 해야 하는데 미군들이 그냥 무작정 받아들였습니다. 앞으로 군대를 확충하려면 군인들의 숫자를 늘려야 하는데 걱정입니다."

"여러모로 걱정이구나. 그나저나 요즘 장비는 어떠냐?"

아버지의 물음에 형이 대답했다.

"총은 그나마 바뀌었는데 나머지는 아직 부실합니다. 정부가 수립되면 정식 군대가 될 테니까 그때는 좀 나아지겠죠."

"나라 꼴이 말이 아니다 보니까 군대도 그 모양이구나. 허허, 참."

아버지가 땅이 꺼져라 한숨을 쉬자 형이 눈치껏 맞장구를 쳐줬다.

"이제 잘되겠죠. 선거가 관건인데 말이죠."

"거, 빨갱이들이 트집 잡는 거 봐라. 분명 선거를 하면 질 거 같으니까 저렇게 나오는 거지. 김구나 김규식은 또 왜 거기에 맞장구를 치는지 모르겠구나."

아버지의 목소리가 점점 높아지는 가운데 희준은 어머니가 안주로 만들어 온 구운 오징어에 살짝 손을 댔다. 뒤늦게 눈치챈 어머니가 손등을 찰싹 때렸다. 하지만 희준은 오징어 다리를 입에 넣고 우물거리며 승리감을 만끽했다. 그사이 아버지의 관심사는 국방경비대로 향했다.

"통위부◆는 어떠냐?"

"저 같은 하사관이 뭘 알겠습니까?"

"파벌로 나뉘어 다툼이 심하다고 들었다. 학병이니, 국부군이니 광복군이니 하면서 말이다."

아버지의 물음에 형이 난감한 표정으로 머리를 긁적거렸다.

"다툼이 없진 않지만 곧 정리되겠죠."

"나라를 되찾은 지 얼마나 되었다고 벌써부터 자리다툼인

---

◆ 1946년 창설된 국방부를 소련의 항의로 인해 국내경비부로 바꾸는데 통위부라는 명칭도 같이 사용한다. 1948년 8월 15일 정부가 수립되면서 국방부로 이름을 바꾼다.

지, 원."

아버지의 목소리가 점점 거칠어졌다. 희준은 그 안에 두려움이 섞여 있다는 걸 어렵지 않게 읽었다. 모든 걸 포기하다시피 하면서 월남한 상황이었다. 이곳에서도 밀려난다면 더이상 어디로 가야 할지 알 수 없었다. 머리가 복잡해진 희준은 말없이 오징어를 질겅거렸다. 그런 희준을 본 형이 머리를 쓰다듬어주며 말했다.

"방으로 가서 쉬어."

"괜찮아."

"오늘 스키대회 갔었다며? 몇 등 했어?"

화제를 돌린 형의 물음에 희준이 대답했다.

"활강은 16등, 회전은 22등."

"연습도 제대로 못했을 건데 대단하네. 우승은 누가 했는데?"

"경신중학교 다니는 임경순이라는 애."

"둘 다 우승한 거야?"

형이 놀랐다는 표정으로 묻자 희준이 고개를 끄덕거렸다.

"엄청 빨랐어."

"그래도 우리 희준이도 대단한 거지."

칭찬을 들은 희준이 히죽 웃자 옆에서 오징어를 찢고 있던 어머니가 핀잔을 줬다.

"대단하긴 뭐가 대단해. 썰매에 빠져서 옷 꼴이 저게 뭔지 몰라."

"썰매가 아니라 스키잖아요. 공부야 개학하면 열심히 하겠죠."

"퍽이나, 네가 하는 거에 반의 반만이라도 하면 소원이 없겠다."

형에 비해 여러모로 부족하다는 걸 잘 알고 있었지만 어머니의 구박이 이어지자 희준은 침울해졌다. 그런 희준의 어깨를 토닥거리며 형이 말했다.

"방으로 가봐. 선물 사다 놨으니까."

"정말?"

눈이 번쩍 뜨인 희준의 물음에 형이 껄껄 웃었다.

"봉급 모아서 산 거니까 소중하게 써라."

"그럼."

벌떡 일어난 희준은 안방의 문을 밀고 나와서 대청 건너편에 있는 방으로 향했다. 원래 형이랑 같이 쓰던 방이었는데 입대한 이후에는 혼자 쓰고 있었다. 동네 목수가 만들어준 기다란 책상 위에 본 적 없는 책들이 주르륵 놓여 있었다.

"세계 문학 전집!"

명성 출판사에서 나온 12권짜리 책을 본 희준은 눈을 떼지 못했다.

"톨스토이, 도스토옙스키, 셰익스피어, 입센, 괴테! 전부 다 있네. 다 있어."

오래전부터 읽고 싶었지만 부모님에게는 차마 사달라고 하지 못했던 책들이었다. 희준은 기쁨을 감추지 못했다. 그사이 안방에서는 아까보다 더 커진 아버지의 목소리가 들려왔다.

주섭은 동묘의 골목길은 늘 적응이 안 된다고 중얼거렸다. 종로를 행진하는 시위대가 길을 막는 바람에 생각보다 시간이 오래 걸려 지쳐버리고 말았다. 하지만 몸이 지친 것보다 마음이 더 지쳤다. 좋은 친구가 될 것이라고 믿었던 희준에게 넘어설 수 없는 거리감을 느꼈기 때문이다. 지난번에 봤던 군밤 장수가 여전히 골목길을 지키는 중이었다. 곁을 지나서 집에 도착한 주섭은 대문을 열었다. 하지만 문은 굳게 닫혀 있었다. 대문 가에 스키를 기대어두고, 주섭은 주먹으로 문을 쾅쾅 두드렸다.

"아버지! 어머니! 저 왔어요."

몇 번 문을 두드리자 빗장이 풀리는 소리와 함께 대문이 삐걱거리며 열렸다. 낡은 수건을 푹 눌러쓴 어머니가 문을 열어줬는데 표정이 심상치 않았다.

"무슨 일 있어요?"

"있다마다. 얼른 들어와라."

땅이 꺼져라 한숨을 쉰 어머니의 얘기에 주섭은 기대났던 스키를 들고 안으로 들어갔다. 어머니가 서둘러 빗장을 채우면서 물었다.

"밥은?"

점심으로 도시락을 먹은 게 전부였지만 어쩐지 밥을 차려 달라고 할 분위기는 아니라서 대충 먹었다고 둘러댔다. 어머니는 들어가서 쉬라는 말을 남기고는 마당을 가로질러 부엌으로 들어갔다. 주섭은 조심스럽게 아버지가 있는 안방 문을 밀었다. 드르륵거리는 소리와 함께 주섭이 다녀왔다는 말을 하자 등지고 앉아 있던 아버지가 말했다.

"별일 없었냐?"

없다고 대답하려던 그는 아버지와 마주앉은 주현이 아저씨의 머리가 온통 피투성이인 걸 보고는 깜짝 놀랐다. 주변에

90

는 피 묻은 천조각과 구겨진 삐라들이 수북하게 쌓여 있었다.

"아저씨!"

그러자 주현이 아저씨의 머리에 붕대를 감아주고 있던 아버지가 혀를 찼다.

"떠들지 마."

"대체 무슨 일이에요?"

주섭이 옆에 앉으며 묻자 주현이 아저씨가 쓴웃음을 지었다.

"무슨 일이긴, 경찰 놈들이 시위대를 공격해서 맞서 싸우다 다친 거지."

"아까 오면서 시위대 봤어요."

"미군정이 눈감아주니까 친일 경찰들이 아주 미쳐 날뛰더구나."

혀를 차며 주현이 아저씨가 대꾸하자 주섭은 아까 희준과 나눴던 날 선 대화를 떠올렸다.

"선거 때문에 더 강경하게 진압한 건가요?"

붕대의 매듭을 묶던 아버지가 끼어들었다.

"그래, 미국이 조종하는 유엔 한국임시위원단인가 뭔가가 남한만 선거를 치르는 쪽으로 몰아가고 있어. 이승만 같은 자

들은 거기에 동조하고 있고 말이다. 남로당이랑 민주주의민족
전선이 힘을 합쳐서 저항하는 중이야."

"이쪽만 선거를 치르면 큰일나는 거죠?"

"큰일이다마다. 미군정이 시퍼렇게 눈을 뜨고 있고, 경찰
들이 이렇게 날뛰는데 선거가 제대로 치러지겠어? 거기다
38선 남쪽만 선거를 치르면 북쪽에서 그걸 인정하겠느냐 이
말이야."

흥분할 때마다 유독 말이 빨라지는 아버지의 눈에는 두려
움이 가득했다. 잠자코 있던 주현이 아저씨 역시 한숨을 쉬었
다.

"제주도 상황도 심상치 않게 돌아가고 있어."

"거긴 왜요?"

"서북청년단 애들이 내려가서 온갖 행패를 부리고 있거든."

윗주머니에서 주섬주섬 담배를 꺼낸 아버지가 말했다.

"본보기를 삼을 생각인 거야."

"제주도를요?"

"왜놈들 방식이지. 하나를 골라잡아서 죽지 않을 만큼 두
들겨 패는 거야. 그럼 나머지는 알아서 기는 거지. 그러다 맞
기 싫어서 시키는 대로 하게 되지. 그럼 나중에는 손가락 하나

까닥하는 것으로 수십 명을 다룰 수 있어."

성냥으로 담배에 불을 붙인 아버지가 몇 모금 피우더니 주현이 아저씨에게 넘겨줬다. 가볍게 고개를 까닥거린 주현이 아저씨가 천천히 담배를 피웠다. 더 할 말이 없어진 주섭은 엉거주춤 일어났다. 그때 아버지가 말했다.

"삐라 좀 모아서 부엌에 갖다줘라."

"이거요?"

"혹시 모르니까 태워버리라고 해."

주섭이 피 묻은 삐라를 가리키자 아버지가 고개를 끄덕거렸다. 주섭은 주현이 아저씨 주변에 흩어져 있는 삐라들을 모아서 부엌으로 갔다. 아궁이 앞에 쪼그리고 앉아 있던 어머니는 그가 들고 온 걸 보고는 얼굴을 찌푸렸다.

"그걸 왜 가지고 왔니?"

"아버지가 태워버리라고 하셨어요."

한숨을 쉰 어머니는 그가 내민 피 묻은 삐라 뭉치를 받아서 아궁이에 한 장씩 집어넣었다. 열기에 못 이겨 돌돌 말린 삐라는 곧 재로 변했다. 삐라가 타고 있는 아궁이를 물끄러미 바라보던 어머니가 입을 열었다.

"주섭아. 우리 지방으로 내려갈래?"

"지방 어디요?"

"안동."

"아버지 고향이요?"

"그래, 친척들이 있어서 입에 풀칠하는 건 어렵지 않을 것 같아."

안동으로 내려가면 힘들게 입학한 배재중학교에서 다시 전학을 가야만 했다. 그가 머뭇거리자 어머니가 한숨을 쉬었다.

"아니다. 내가 괜한 얘기를 했나보다."

"전 괜찮은데 아버지가 내려가실지 모르겠네요."

안방 쪽을 바라본 주섭의 대답에 어머니가 얼굴을 찌푸렸다.

"난 서울이 무섭다. 매일 시위하고 총질해대고 있지 않니. 거기다 파업한다고 전화선을 끊고 기관차도 불태웠다며?"

"금방 끝나겠죠."

주섭이 살짝 웃으며 대답했지만 어머니는 여전히 표정이 어두웠다.

"아무래도 분위기가 심상치 않아. 네 아버지한테 저쪽 사람들이랑 손을 끊으라고 그렇게 얘기해도 들은 척도 않아서 걱정이다, 걱정."

안정적인 가정을 꾸리는 것이 최고의 목표인 어머니에게 아버지의 행보는 정말 아슬아슬해 보였을 것이다. 그래서 아버지는 사회주의 운동에서 한 발 뺀 상태였다. 하지만 서울에 남아 있는 한 언제 어떤 일이 터질지 모른다는 게 어머니를 불안하게 만들었다. 주섭은 곧 괜찮아질 거라는 말밖에는 할 수 없었다. 어머니 역시 고개를 끄덕거리는 것이 전부였다. 어둠이 깔린 골목길에서 찹쌀떡 장수의 목소리가 들려왔다.

# 3
# 1948년 3월,
## 배재중학교

한양 성곽과 접해 있는 배재중학교의 운동장◆에는 검은색 교복을 입은 학생들로 가득했다. 양쪽 끝에는 녹슨 축구 골대가 있었다. 개학식이 곧 시작될 예정이라서 운동장에 나왔는데, 마이크가 말썽인지 지체되었다. 그사이에 반 배정까지 마친 재학생들은 삼삼오오 모여서 떠들며 시간을 보냈다. 반면, 바짝 긴장한 신입생들은 교문 쪽에 있는 부모들을 힐끔힐끔 바라봤다. 아직 날이 풀리지 않아서 솜바지와 솜저고리를 입고 방한모나 남바위를 쓴 학부모들은 기다리다 지쳤는지 담배를 피우고 있었다.

추위를 느낀 희준은 사람들이 아직도 '가쿠란'이라고 부르는 검은색 교복의 옷깃을 바짝 올렸다. 그러고는 계단 위에 있는 동관과 서관을 올려다봤다. 붉은 벽돌로 지은 이층 건물은 자로 잰 듯 반듯했다. 포치라고 부르는 현관, 그리고 기와가 아닌 철판 같은 걸로 덮은 지붕에는 다락창이 있어서 영락없이 서양식 건물이었다. 반지하에 경사진 지붕까지 있어서 길 건너편에 있는 대법원 청사♦♦만큼이나 높아 보였다. 가볍게 하품한 희준이 중얼거렸다.

"얼른 끝났으면 좋겠네."

운동장 한쪽 끝에는 올해 들어온 신입생들이 옹기종기 모여 있었다. 까까머리에 초롱초롱한 눈빛을 한 신입생들은 제멋대로 웃고 떠드는 선배들을 부러운 눈으로 바라봤다. 그걸 본 희준이 한숨을 쉬었다.

"너희들이나, 나나 비슷해."

편입하자마자 금방 겨울방학을 맞이했기 때문에 여전히 낯설었다. 그때 옆을 비집고 들어온 주섭이 알은척했다. 한 달 전에 입씨름을 하고 헤어져서 마음이 무거웠던 희준은 씩 웃었다.

---

♦ 현재의 배재어린이공원.
♦♦ 현재의 서울시립미술관. 1928년에 경성재판소 건물로 지어졌다.

"왔어?"

"그럼, 와야지. 개학식인데."

교복 주머니에 손을 찔러넣고, 장난스럽게 거드름을 피우는 주섭을 보며 희준은 코웃음을 쳤다.

"어쭈, 좀 거만해졌네."

"원래 좀 거만했어."

아예 모자까지 푹 눌러쓴 채 뒷짐을 진 주섭이 일본어를 섞어가면서 장난을 쳤다.

"요보◆, 똑바로 못해! 한심한 조센진 같으니!"

주변의 학생들이 배꼽을 잡고 웃는 가운데 덩치가 크고 눈이 부리부리한 학생이 끼어들었다.

"하이, 센세 죄송하무니다."

맞장구를 친 그 학생의 행동에 웃음은 더 커졌다. 그때 뒤에서 불쑥 굵은 목소리가 들렸다.

"뭐하는 짓들이야?"

선생님인 줄 알고 놀란 희준이 돌아봤다가 같은 교복 차림인 걸 보고 안도의 한숨을 쉬었다. 다른 학생들보다 머리 하나

---

◆ 여보라는 뜻. 일제강점기 일본인들이 조선인들을 비하할 때 사용했다.

가 더 크고 각진 얼굴을 하고 있었는데 동급생들보다 나이가 좀더 들어 보였다. 나중에 끼어든 덩치 큰 학생이 장난스럽게 경례를 했다.

"장군님. 오셨습니까?"

그러자 똑바로 서서 경례를 받은 나이든 학생이 말했다.

"곧 개학식이 시작되는데 이러고 있으면 어떡해? 신입생들이 보고 뭐라고 생각하겠어?"

그 말에 방금 경례를 붙인 학생이 대꾸했다.

"시정하겠습니다."

두 사람의 모습을 본 주변의 학생들은 더 큰 소리로 웃었다. 그때 마이크가 제대로 작동하는지 스피커에서 삐 하는 소리가 들렸다. 곧 개학식이 시작된다는 뜻이라서, 여기저기 흩어져서 웅성대던 학생들은 재빨리 오와 열을 맞췄다. 한복을 입은 교장 선생님이 단상에 올라와서 이야기를 시작했다. 마이크 성능이 좋지 않은 데다 불어오는 바람 소리 때문에 제대로 들리지 않았지만 중간중간 알아들을 수 있었다.

"우리 배재중학교는 서기 1885년에 아펜젤러 목사님이 세운 최초의 서양식 학교입니다. 배재학당이라는 명칭 역시 고종 황제에게 받은 것으로 인재를 기르는 집이라는 뜻입니다. 이후 일제강점기 때 고등보통학교로 인가를 받았고, 동관과 서관, 그리고 기숙사와 대강당을 세우면서 학교의 면모를 갖춰나갔습니다. 일제는 우리 배재학당에서 학생들이 씩씩하게 커나가는 것을 못마땅하게 여겨서 이런저런 훼방을 했지만 우리는 꿋꿋이 이겨내서 광복을 맞이했습니다. 배재의 정신이 일본을 이긴 것입니다."

교장 선생님이 주먹을 불끈 쥐고 목소리를 높였다. 그러자 신입생들은 열심히 박수를 쳤고, 이미 비슷한 얘기를 수차례 들은 적이 있던 재학생들은 심드렁한 반응을 보였다. 심심해하던 희준은 옆에 선 주섭에게 물었다.

"아까 걔들 누구야?"

"꼴통이랑 장군. 꼴통은 나성식, 장군은 오명진이야."

"잘 어울리는 별명이네."

"꼴통은 모르겠는데 장군은 조심해."

"왜? 성격이 지랄 맞아?"

희준의 물음에 주섭이 고개를 저었다.

"나이도 많고, 엄격한 편이라 사소한 장난도 그냥 안 넘어가. 그나마 꼴통이니까 넘어간 거지."

"근데 왜 별명이 장군이야?"

"졸업하면 군대에 들어가서 장군이 된다고 입버릇처럼 말해서 그런 별명이 붙었어."

"아."

형이 군대에 있어서 희준은 납득이 갔다. 그러자 주섭이 조심스럽게 물었다.

"어떻게 지냈어?"

"집에 처박혀 있었지. 넌?"

"비슷해. 눈이 녹으니까 스키도 못 타고 말이야."

주섭의 한숨 섞인 대답에 희준이 물었다.

"지리산 노고단에서 또 대회 열렸잖아."

"간다고 했다가 엄마한테 등짝만 실컷 맞았지. 요즘 시국에 어딜 가냐고 말이야."

"나도 간다고 했는데 엄마가 스키를 아궁이에 집어넣는다고 해서 잘못했다고 빌었어."

둘은 비슷한 상황에 처했다는 사실에 낄낄거렸다. 그러면서 한 달 전 쌓였던 감정들을 털어버렸다. 웃음을 그친 둘은 거의 동시에 말했다.

"미안해."

같은 마음이었다는 걸 확인한 둘은 머쓱하게 웃었다. 때

마침 몽둥이를 든 선생님이 지나가자 둘은 부동자세로 앞쪽을 바라봤다. 터져 나오는 웃음을 참느라 얼굴이 벌게졌다. 그 사이에도 교장 선생님의 얘기는 이어졌다. 올해는 선거가 치러지고 정부가 수립되는 중요한 해이니만큼, 열심히 공부해야 한다는 취지의 말이었다. 그렇게 교장 선생님의 얘기가 끝나고 선생님들이 올라와서 안내를 했다. 1학년부터 3학년은 서관을, 4학년부터 6학년은 동관을 쓴다는 말을 하고, 교실로 들어가라는 지시를 내렸다.

뒤로 돈 학생들은 동관과 서관으로 연결된 계단을 올라갔다. 동관과 서관 사이에는 20여 년 전에 지었다는 대강당이 자리잡았다. 남쪽으로는 지방에서 올라온 학생들이 머무는 기숙사가 있었다. 희준과 주섭이 동관으로 올라가려는데 갑자기 앞쪽에서 걷던 학생들이 멱살을 잡고 주먹다짐을 벌였다. 뒤쪽에서 따라가던 희준이 의아한 눈길로 바라봤다.

"뭐하는 거야?"

옆에서 그 광경을 바라보던 주섭 역시 어깨를 으쓱거렸다.

"학기 초라 기 싸움을 벌이는 거 아니야?"

선생님이 황급히 뛰어와서 싸우는 학생들을 말렸다. 교복 단추가 뜯긴 학생 한 명이 목청껏 외쳤다.

"남한 단독선거를 반대한다. 통일을 반대하는 미제는 물러 나라!"

"제국주의 앞잡이 유엔은 분열 책동을 중단하라!"

구호가 외쳐지자 현관 쪽에 올라선 학생들 몇 명이 사방에 삐라를 뿌렸다. 눈처럼 펄럭이며 떨어진 삐라 너머로 구호와 욕설이 울려 퍼졌다. 그걸 본 희준은 눈살을 찌푸렸다.

"개학 날 뭔 짓이야?"

반면 주섭의 표정은 무겁게 변했다. 선생님들과 학생들이 달려가서 삐라를 뿌리고 구호를 외치는 학생들을 뜯어말렸다. 그중에는 아까 꼴통과 얘기를 나누던 장군이라는 별명을 가진 오명진도 보였다. 지켜보던 학생들도 거칠어졌다. 몇 명은 아예 멱살을 잡았고, 입씨름을 벌이는 학생들도 늘었다. 희준 역시 주먹을 불끈 쥐었다.

"빨갱이 새끼들."

그 얘기를 들은 주섭이 팔을 잡았다.

"그러지 마!"

"뭘 하지 말라는 거야! 학교에서 이래도 되는 거야?"

"그만큼 상황이 안 좋다는 뜻이잖아."

주섭이 지지 않고 큰 소리를 내자 희준이 붙잡힌 팔을 뿌리쳤다.

"정신 좀 차린 줄 알았더니 아니었구나!"

"너나 정신 차려! 인마!"

이제는 둘이 싸울 것같이 서로 멱살을 잡고 주먹을 치켜들었다. 그때 학생 중 한 명이 현관으로 후다닥 올라가더니 기둥을 붙잡고 난간에 올라갔다. 구호를 외치나 싶었는데 갑자기 낭랑한 목소리로 교가를 불렀다.

**우리 배재학당, 배재학당 노래합시다!**

**노래하고 노래하고 다시 합시다!**

배재학당을 세운 아펜젤러가 작사한 교가는 단순해서 부르기 쉬웠다. 그래서 학생들도 종종 흥얼거리곤 했다. 특히 '라라라라! 씨스뿜바!'라는 부분은 대부분 합창을 하곤 했다. 이번에도 학생들은 그 부분이 되자 일제히 외쳤다.

**라라라라! 씨스뿜바!**

서로 멱살을 잡은 채 노려보던 학생들은 본능적으로 후렴

구를 외치고는 웃음을 참지 못했다. 그러고는 교가의 뒷부분을 따라 불렀다. 주먹질하기 일보 직전이었던 희준과 주섭 역시 마찬가지로 서로를 보고 웃고 말았다. 교가를 불러서 상황을 진정시킨 것은 꼴통 나성식이었다. 마지막을 우렁차게 마무리한 나성식은 학생들과 선생님들의 박수를 받으며 난간에서 뛰어내렸다. 그 와중에 장군 오명진이 학생들에게 어서 교실로 들어가라고 외쳤다. 그렇게 소동이 진정되자 머쓱해진 희준이 중얼거렸다.

"대체 씨스뿜바는 무슨 뜻일까?"

그 얘기를 옆에서 들은 주섭이 대답했다.

"영어야."

"무슨 뜻인데?"

"씨스는 폭죽이 날아가는 소리고, 뿜은 날아가서 펑 터지는 소리, 그리고 바는 관중들의 함성소리를 합친 거래. 미국 프린스턴 대학교의 응원가에서 왔다던데."

"그런 건 또 어떻게 알았냐?"

희준이 놀란 표정으로 묻자 주섭이 어깨를 으쓱거렸다.

"잡지에서 봤어."

그러면서 둘 사이도 누그러졌다. 그때 교가를 열심히 부르고 내려온 나성식이 둘 사이에 섰다.

"어이, 너희 둘은 싸우면 안 돼."

손가락을 까닥거리며 얘기한 나성식에게 주섭이 물었다.

"우리는 왜 싸우면 안 되는데."

"넌 일본에서 왔고, 희준이는 청진에서 왔잖아. 여기 서울
이 익숙해?"

그의 물음에 둘 다 거의 동시에 고개를 저었다.

"아니."

"그러니까 서로서로 친하게 지내야지. 낯선 곳에서 의지할
사람도 없으면서 싸우려고만 들면 어떡해."

그의 얘기에 희준은 크게 공감했다. 서울 사람들은 청진에
서 왔다고 하면 다들 혀를 차거나 아래로 내려다보는 경향이
있었다. 일제강점기 때 북쪽에서 내려온 사람들이 물장수를
하거나 온갖 허드렛일을 했기 때문에 자연스럽게 낮추보는 경
향이 생겼던 것이다. 그래서 아버지도 되도록 사투리를 쓰지
말라고 했다. 하지만 평생 쓰던 사투리는 곧잘 튀어나왔고, 억
센 함경도 사투리를 들은 주변 사람들은 대번에 어디서 왔는
지 알아차렸다. 희준이 멍하게 서 있는 사이, 주섭이 말했다.

"하긴, 희준이는 입을 열면 바로 함경도 사람이라는 걸 알

수 있어."

살짝 발끈한 희준이 주섭에게 말했다.

"그럼 너는? 중간중간에 일본어 섞어서 말하잖아."

"일본에서 웬만해서는 조선말을 쓰면 안 된다고 했어."

"조선 사람이 조선말을 안 쓰고 왜놈 말을 쓰면 왜놈이 되는 거 아냐?"

비꼬듯 말하는 희준에게 주섭이 어두운 표정으로 말했다.

"나도 아버지에게 그렇게 따졌었어. 그랬더니 관동대지진 얘기를 해주셨어."

"그게 뭔데?"

"1923년에 일본에서 일어난 지진. 엄청나게 많은 사람들이 죽고 건물이 무너졌는데 조선 사람들한테 분풀이를 했어."

"왜?"

"조선 사람들이 우물에 독을 넣었다는 헛소문을 퍼트렸대. 그래서 일본 사람들이 조선 사람들을 수천 명이나 죽였다고 아버지가 그랬어."

"뭐라고? 경찰들은 뭐하고?"

"한통속이었대. 심지어 경찰서 유치장에 있던 조선 사람들도 끌고 가서 죽였는데 모른 척했다고 하더라. 아버지도 그때

열세 살인가 열네 살이셨는데 하마터면 돌아가실 뻔했다고 하
셨어."

놀란 희준이 입을 다물지 못했다.

"맙소사. 진짜 나쁜 놈들이네. 왜 지진이 난 걸 우리한테
분풀이를 해."

"아버지는 그 일을 겪은 이후에 사회주의에 빠져드셨어."

"왜?"

"일본인들이 그렇게 날뛰었을 때 막아준 게 사회주의자들
이었거든."

주섭의 얘기를 들은 희준은 비로소 이해가 갔다.

"아무것도 모르고 화를 냈네. 미안해."

"그럴 수도 있지."

희준이 악수를 청하면서 말했다.

"우리 둘이 싸울 문제는 아니지."

그러자 주섭이 그 손을 잡으면서 대답했다.

"일단 학교에서는 공부를 열심히 하자고."

둘 사이가 그렇게 훈훈하게 마무리되고, 학생들은 교실 안
으로 들어갔다. 이층으로 올라간 둘은 교실에 들어가서도 나
란히 앉았다. 꼴통 나성식의 돌발 행동으로 충돌을 막은 상태

였지만 긴장감은 가라앉지 않았다. 그래서인지 선생님들이 교실마다 다니면서 쓸데없는 소리 하지 말라고 단속을 했다. 그 와중에 둘의 뒷자리에 앉은 나성식이 끼어들었다.

"있다가 끝나고 옥돌장◆갈래?"

고개를 돌린 주섭이 고개를 저었다.

"학생이 무슨 옥돌장이야?"

"이런, 착한 학생을 봤나! 학생들이 옥돌장을 못 가면 학교 앞에 있는 옥돌장에는 누가 들어가겠냐?"

듣고 보니 틀린 얘기는 아니라서 둘은 쓴웃음을 지었다. 개학 첫날이라 반 배정을 하고 담임 선생님과 인사를 하는 순서가 있었다. 잠시 후, 앞문이 열리고 검은색 양복에 부스스한 머리를 한 새 담임 선생님이 들어왔다. 작은 얼굴을 뿔테안경이 절반 정도 잡아먹고 있어서 '파리'라고 불리는 김영칠 선생님이었다. 파리라는 별명은 안색이 늘 파리하고 창백했기 때문이기도 했다. 교탁 앞에 선 김영칠 선생님이 말했다.

"오늘부터 배재중학교 5학년 2반을 맡게 된 김영칠이라고 한다. 담당은 국어이고, 재작년부터 있어서 그런지 아는 얼굴

---

◆ 지금의 당구장.

이 많구나. 앞으로 1년 동안 잘 지내보자."

다른 선생님과 달리 권위적이지도 않고, 재미난 얘기도 많이 해줘서 학생들에게 인기가 좋은 편이었다. 그런 선생님이 담임이 되어 희준은 안심이 되었다. 북에서 내려온 그의 출신을 대놓고 비웃거나 조롱하는 선생님들도 많았기 때문이다. 김영칠 선생님이 인사를 마치고 할 얘기가 있으면 하라고 하자 제일 뒤에 있던 학생 한 명이 손을 들었다.

"선생님, 추운데 난방 안 해주시나요?"

그 얘기를 들은 희준은 비로소 추위를 느꼈다. 3월이라서 아직 꽃샘추위가 한창이었던 것이다. 두툼한 뿔테안경을 끌어올린 선생님이 한숨을 쉬었다.

"학교에 건의했는데 연료를 구하지 못했다고 하는구나. 되도록 빨리 난로를 피울 수 있게 해주마."

학생들이 웅성거리긴 했지만 선생님 잘못이 아니라는 걸 잘 알고 있었던 탓에 그냥 넘어갔다. 웅성거림이 가라앉자 이번에는 선생님이 먼저 말했다.

"미안하다는 얘기부터 해야겠구나. 원래 오늘 교과서를 나눠주는 날이다. 그런데 1월에야 과도정부 예산이 확정되었고, 학생수가 급격하게 늘어나서 아직 교과서♦가 부족하다. 그래서 당분간은 교과서 없이 수업을 해야 할 거 같다."

교과서를 받을 수 없다는 황당한 얘기에 희준은 고개를 절레절레 저었다.

"교과서 없이 어떻게 수업을 하란 얘기야."

학생들의 소란이 커지자 선생님이 말했다.

"어차피 오늘은 개학이라 한 시간만 수업을 하고 하교한다. 그러니까 오늘은 내가 좋아하는 작가를 소개하는 시간을 갖도록 하겠다. 어때?"

쓸데없는 잔소리를 듣는 것보다는 훨씬 나았기 때문에 학생들은 잠잠해졌다. 그럴 줄 알았다는 듯 가볍게 웃은 선생님이 가방에서 낡은 책을 꺼냈다.

"여러분에게 소개할 작가는 김유정이다. 대표작으로 「봄봄」과 「동백꽃」이 있지. 혹시 읽어본 사람 있니?"

질문을 받은 학생들은 웅성거렸지만 대부분 고개를 저었다. 주섭 역시 고개를 갸웃거리다가 희준에게 물었다.

"누군지 알아?"

"아니. 처음 들어봤어."

---

◆ 1948년에 교과서가 부족한 상황이 벌어졌다.

호기심 넘치는 아이들의 웅성거림이 잦아들자 선생님이 책을 펼쳤다.

"김유정은 1908년 강원도 춘천에서 태어났어. 휘문고보와 연희전문을 졸업하고, 광산의 현장 감독이나 야학을 운영하던 중 친구의 권유로 소설을 쓰게 되었지. 그래서 구인회라는 문인 모임에 가입해서 글을 썼고, 1935년에 신춘문예로 등단하면서 본격적인 소설가의 길을 걸었지."

선생님의 설명을 들은 희준이 번쩍 손을 들었다.

"35년에 등단했으면 지금 한창 활동할 나이 아닙니까?"

"안타깝게도 활동 기간이 길지 않아. 원래부터 몸이 안 좋았는데 결핵이 심해졌거든, 그래서 1937년에 세상을 떠났다."

"그때가 몇 살이었는데요?"

호기심을 느낀 희준의 질문에 잠시 손가락을 꼽아보던 선생님이 대답했다.

"29살이었다. 죽기에는 이른 나이였지."

한숨을 쉰 그가 학생들에게 '동백꽃'이라는 제목이 적힌 책을 보여줬다.

"이 책은 그가 죽은 다음해인 1938년에 나온 거란다. 표제

작인 「동백꽃」을 비롯해서 오늘 소개할 「봄봄」 「소낙비」같이 그가 쓴 21편의 단편들이 들어 있지."

"「봄봄」은 어떤 내용입니까?"

앞쪽에 앉은 누군가의 물음에 그가 책을 펼친 채 설명했다.

"딸 점순이와 결혼시켜준다는 욕필이의 꾐에 빠져서 새경도 못 받고 몇 년째 일하는 머슴이 주인공이다. 주인공은 약속을 지켜달라고 번번이 재촉하지만 욕필이는 이런저런 핑계를 대면서 혼인을 시켜주지 않았지."

그의 설명에 학생들이 다들 너무하다는 말을 하며 야유를 쏟았다. 희준 역시 진지하게 듣다가 한마디 했다.

"장인이 아니라 원수네, 원수."

주섭이 피식 웃는 사이, 선생님의 설명이 이어졌다.

"그러던 어느 날, 점순이가 주인공에게 새참을 가져다주며 왜 아버지에게 혼인을 시켜달라고 하지 않느냐고 부추기지. 그래서 용기를 낸 주인공은 욕필이에게 장가를 보내달라고 대들고 급기야는 몸싸움까지 벌여. 그런데 갑자기 자기편을 들어줄 것 같았던 점순이가 화를 내면서 뜯어말리는 바람에 놀라고 말지. 충격을 받은 주인공은 멍하니 서서 매를 맞다가 밖으로 쫓겨나는 것으로 끝난다."

얘기를 듣던 주섭이 손을 번쩍 들었다.

"점순이는 왜 자기가 부추겨놓고 아버지 편을 든 겁니까?"

"겁이 나서 그런 게 아니었을까?"

부드럽게 웃은 선생님이 교탁에 책을 내려놓으며 말했다.

"사람은 마음의 갈피를 못 잡을 때가 있어. 어떨 때는 이걸 하고 싶다가, 시간이 좀 지나면 하지 말아야 한다고 생각을 바꾸곤 하지."

"그래도 부추겨놓고 나 몰라라 하는 건 굉장히 무책임한 짓 같습니다."

주섭의 말에 선생님이 가볍게 웃었다.

"그래서인지 같은 책에 실린 「동백꽃」이라는 단편을 보면 후일담 같은 얘기가 나온다. 거기에서도 여주인공의 이름이 점순이지."

"거기서도 비슷한 짓을 하나요?"

주섭의 이어지는 물음에 선생님이 고개를 저었다.

"좀 다르다. 거기서 주인공은 소작농의 자식으로 나오고 점순이는 소작농을 부리는 마름의 딸로 나와. 옆집에 사는데 종종 찾아와서 주인공의 자존심을 긁거나 사사건건 귀찮게 하지. 그러던 어느 날, 폭발해버린 주인공이 점순이네 닭을 죽이고 말아. 그 일로 아버지의 소작이 떼일까봐 걱정하면서 우는데 점순이가 찾아와서 달래주지."

「봄봄」과 「동백꽃」이라는 작품을 연달아 설명해주는 그에게 뒷줄에 있던 학생 한 명이 손을 들고 질문했다.

"김유정이라는 작가는 왜 일제강점기라는 엄혹한 시대에 한가롭게 농촌에서 남녀가 연애하는 이야기만 썼습니까?"

단번에 교실 분위기는 차가워졌다. 슬쩍 고개를 돌린 희준은 질문을 한 학생이 아까 소동 때 삐라를 뿌린 패거리 중 하나라는 걸 알아차렸다. 다들 선생님의 대답만 기다렸다. 아무리 성격이 좋다고 해도 이런 식의 질문을 받고 그냥 넘어갈 거라고는 생각하지 않았던 것이다. 하지만 선생님은 화를 내는 대신 차분하게 설명해줬다.

"방금 질문은 김유정이 받는 대표적인 오해 중의 하나야. 1920년대 중반 조선 문단에는 카프 문학◆이라는 게 등장해. 낭만주의 문학에 반대하면서 치열한 삶을 사는 노동자들과 무산자들을 대변하는 문학을 해야 한다고 주장했지."

---

◆ 조선 프롤레타리아 예술가 동맹(Korea Artista Proleta Federacio)의 줄임말로 조선프로예맹이라고도 불렀다. 참고로 외국어는 에스페란토어다.

진지한 선생님의 말에 다들 귀를 기울였다. 그런 분위기가 반가웠는지 그는 씩 웃으며 말을 이어갔다.

"1920년대가 되면 일제의 수탈이 본격화되고 자본주의가 자리를 잡으면서 빈부격차와 함께 노동자들이 늘어나게 된다. 그러면서 이들의 비참한 삶을 조명해야 한다는 흐름과 더불어서 프롤레타리아 혁명을 위해서 움직여야 한다는 흐름이 자연스럽게 생겨났단다."

"그래서 어떻게 되었나요?"

얘기를 듣던 주섭의 물음에 선생님이 대답했다.

"한때는 굉장한 세력이 되었단다. 특히 1926년부터 시작된 팔봉 김기진과 회월 박영희의 논쟁은 대단히 유명하지. 김기진이 먼저 시작했는데 박영희의 작품 「철야」가 소설적 구성에 충실하지 않고, 기둥과 서까래도 없이 오직 붉은 지붕만 얹어놨다고 비판했단다. 둘 다 카프의 구성원이었다는 점을 감안하면 대단히 중요한 논쟁이었단다."

학생들 중 누군가가 빨갱이네, 라고 말하자 교실은 웃음바다가 되었다. 주섭이 주먹을 불끈 쥐었다. 선생님이 달래는 듯한 눈으로 그를 바라보면서 말을 이어갔다.

"박영희는 그런 비판에 대해 프롤레타리아 혁명이 건축물이라면 문학은 그 기둥 중 하나라고 반박하지. 내부적인 사정으로 논쟁은 금방 끝났지만 그게 오히려 치명적인 문제가 되었단다. 문학을 문학으로 보는 게 아니라 계급투쟁의 수단으로만 보게 되면서 가치를 잃게 된 거야. 결국 일제의 압력을 받으면서 1935년에 해체되고 말았지. 하지만 이후에도 카프 문학은 문단에 큰 영향을 미쳤고, 광복이 된 지금도 마찬가지란다. 김유정은 그런 당대의 흐름과는 거리가 좀 떨어진 글을 썼다. 왜 그랬을까?"

질문을 던진 그는 교탁에 기댄 채 학생들을 바라봤다. 희준이 손을 번쩍 들었다.

"카프가 해체될 때 작품 활동을 시작했으니까요."

다들 크게 웃는 가운데 그가 가볍게 박수를 쳤다.

"맞아. 그리고 김유정은 고향과 지방에서 지낸 적이 많아서 카프 문인들과 접점이 별로 없었어. 하지만 나는 김유정의 소설이 당대의 비참한 현실을 카프 소속 문인들보다 더 잘 드러냈다고 생각한다. 왜 그런지 아니?"

이번에는 딱히 대답을 바라고 던진 질문이 아닌 듯 그는 학생들을 잠자코 바라봤다. 곧 교탁을 손바닥으로 가볍게 친 그가 답변했다.

"「봄봄」에서는 새경을 받지 못한 주인공이 구장에게 호소를 하지만 실패하고 말았지. 왜냐하면 구장도 욕필이에게 소작을 받고 있었거든. 「동백꽃」에서 주인공이 마름의 딸 점순이와 가깝게 지내지 않으려고 한 것도 혹시나 아버지의 소작이 떼일까봐였단다. 「소낙비」나 「만무방」 같은 작품에는 가정폭력이나 성매매가 묘사되고 있고, 「땡볕」에는 돈이 없어서 아내를 제대로 치료하지 못하는 남편의 현실이 나오지. 문학이 어떻게 현실을 반영해야 하는지에 대해서 김유정이 얼마나 생각했을까?"

이번에도 학생들은 침묵을 지키며 바라봤다. 그러자 그가 고개를 저었다.

"전혀 그러지 못했을 거야. 삶이 너무나 힘들었고, 건강도 안 좋았으니까. 그는 자신이 지내던 시골에서 일상적으로 펼쳐지던 일들을 소설로 썼지. 그리고 그것이 의도하지 않았지만 당대의 비참하고 비극적인 현실을 가장 잘 드러내고 말았단다. 그래서 나는 김유정을 좋아해."

선생님은 뒤이어 김유정의 다른 작품들을 소개해줬다. 진지하면서도 재미있게 풀어 설명한 덕분에 희준은 끝날 때까지 집중하고 들을 수 있었다. 끝나는 종이 울리고 선생님이 나가자 나성식이 제일 먼저 일어났다.

"야! 옥돌장 가자!"

다들 크게 웃는 가운데 방금 선생님이 나간 앞문으로 장군 오명진이 들어왔다.

"집에 가지 말고 운동장으로 집합해라."

"왜?"

나성식의 반문에 오명진이 대답했다.

"3월 14일 오후 1시에 서울운동장◆에서 삼일절 경축 홍백 축구대회◆◆가 열리는 거 알지? 우리 학교 축구부랑 경신중학교 축구부가 오픈 게임으로 붙는다. 그 연습 경기가 오늘 있어. 설마 구경하지 않고 그냥 갈 건 아니지?"

축구라는 얘기가 나오자 아이들은 너 나 할 거 없이 소리를 질렀다. 놀거리와 구경거리가 별로 없는 상황이라 축구 구경을 한다는 얘기에 다들 기뻐한 것이다. 가방을 챙기고 모자를 쓴 아이들이 삽시간에 뛰어나가자 나성식이 망연자실한 표정으로 말했다.

---

◆ 1925년에 지어진 경성운동장이었는데 광복 이후 서울운동장으로 이름을 바꿨다. 2007년 철거가 시작되었고 현재는 동대문 디자인 플라자가 세워져 있다.
◆◆ 조선일보에서 후원했다. 홍팀 주장은 최병섭, 백팀 주장은 서강국이었다.

"그깟 공놀이가 뭐가 좋다고."

그런 나성식에게 희준이 말했다.

"야! 늦으면 좋은 자리 없어."

그 말을 들은 나성식이 얼른 모자를 썼다.

"그럼 안 되지. 얼른 가자."

셋이 우당탕거리며 복도를 뛰어가는데 밖에 나와 있던 오명진이 희준에게 말을 걸었다.

"야."

잠시 머뭇거리던 희준이 대꾸했다.

"왜?"

그러자 그가 다가와 어깨에 손을 올렸다.

"니네 형 군인이라며."

"응, 하사관이야."

"어디?"

"대전에 있는 제2연대."

"나도 학교 졸업하면 군대 갈 건데."

그것 때문에 말을 붙였다는 사실에 희준은 속으로 안도의 한숨을 쉬었다.

"하사관으로 아니면 장교로?"

그러자 오명진이 목에 힘을 주며 말했다.

"당연히 장교지. 학교 졸업하고 조선 국방경비사관학교◆
에 들어갈 거야."

"그래, 잘해봐라."

"너도 같이 가자."

뜻밖의 얘기에 희준은 고개를 저었다.

"난 별로야."

"왜? 형이 군인이잖아."

그가 이해가 가지 않는다는 표정으로 묻자 희준이 대답했
다.

"형이 나라는 자기가 지킨다고 오지 말래."

얘기를 나누는 중에도 다른 교실에서 나온 아이들이 자리
를 잡기 위해 뛰어갔다. 주섭과 나성식은 복도 중간 계단 앞에
서서 발을 동동 구르는 중이었다.

"야! 빨리 와! 자리 없겠다."

오명진에게 가볍게 인사를 한 희준은 손을 번쩍 치켜들며
두 사람에게로 뛰어갔다.

---

◆ 현재 육군사관학교의 전신으로 1948년 9월 5일부터 육군사관학교로 명칭이 바뀌었다.

날쌔게 계단을 내려간 셋은 운동장으로 뛰어갔다. 경기는 이제 막 시작되었는지 호각이 울리면서 선수들이 공을 쫓아 이리저리 달리는 게 보였다. 가까운 자리는 이미 학생들로 꽉 차 있었다.

"아오!"

나성식이 발을 동동 구르며 안타까워하자 미안해진 희준은 이리저리 돌아보다가 적당한 장소를 찾았다.

"저기 나무!"

운동장으로 내려가는 계단 옆에 나무가 하나 있었다. 희준의 얘기를 들은 나성식이 툴툴거렸다.

"바람도 찬데 저길 올라가자고?"

하지만 주섭이 먼저 뛰고, 희준도 그 뒤를 달려가자 그도 모자를 거꾸로 쓰고 따라서 뛰었다. 거의 동시에 도착한 셋은 나뭇가지를 잡고 위로 올라갔다. 제일 먼저 올라간 주섭이 손을 내밀면서 그럭저럭 자리를 잡을 수 있었다. 낑낑거리며 마지막으로 올라온 나성식이 장난스럽게 외쳤다.

"아이고, 명당이네. 명당이야."

그렇게 셋은 나무에 올라간 채 축구를 봤다. 나성식이 휘파람을 불면서 마치 중계방송을 하는 것처럼 떠들었다.

"손꼽히는 축구 강호인 배재중학교 축구부라 그런지 발놀림이 예사롭지 않습니다. 아! 말씀드리는 순간, 9번 선수 드리블로 수비 선수를 제치고 돌파합니다. 수비수의 태클을 피해 빠져나가는 데 성공한 9번 선수! 드디어 슛을 합니다. 빨랫줄 같이 날아간 공이 골대가 아니라 교문을 강타합니다. 교문에 매달려서 구경하던 구경꾼이 놀라서 떨어질 뻔합니다."

장난기 어린 나성식의 중계에 희준과 주섭은 웃음을 참느라 안간힘을 썼다. 한참 침을 튀기며 중계 아닌 중계를 하던 나성식이 갑자기 말투를 바꿨다.

"다들 같이 있어."

"누가?"

희준의 물음에 나성식이 턱으로 구경하는 학생들을 가리켰다.

"저쪽에 말이야. 아까 삐라 뿌리고 멱살잡이하던 애들이 나란히 앉아서 구경하고 있잖아. 아까는 서로 못 죽여서 안달하는 것처럼 굴더니 말이야."

희준은 그가 가리킨 쪽을 말없이 바라봤다. 그러다가 주섭을 쳐다봤다. 주섭 역시 차분하게 바라보며 생각에 잠겼다. 나성식이 둘을 바라봤다.

"사회주의든 뭐든 결국 사람을 잘살게 만들려는 거잖아. 근데 그것 때문에 서로 멱살잡이에 주먹질을 해. 그걸로도 부족하면 이제 총질을 하고 칼을 휘두르겠지. 안 그래?"

나성식의 말에 둘은 아무 말도 못했다. 외지인이고 스키를 좋아한다는 이유로 친해졌지만 결국 정치적인 문제를 두고는 항상 대립을 했다. 양보할 생각을 하지 않았고, 상대방에 대한 미움과 증오 역시 거리낌없이 드러냈다. 무엇을 위해서인지조차 모른 채 말이다. 착잡한 심정으로 서로를 바라보던 둘은 약속이나 한 듯 손을 내밀어서 악수를 했다. 그걸 본 나성식이 히죽 웃으면서 축구 중계를 이어갔다.

"아! 19번 선수가 날렵하게 공을 빼앗았습니다. 상대방 골목, 아니 골문을 향해 미친듯이 질주합니다. 총 맞은 멧돼지도 저 선수보다 빠르지는 못할 겁니다. 하지만 자기 발에 걸려서 넘어지고 마는군요. 공은 그대로 쫓아가던 상대방 선수가 빼앗아갑니다. 넘어진 19번 선수, 상당히 아쉬워합니다만 자업자득입니다."

연습 경기가 열기를 더해가면서 응원하는 목소리도 높아지다가 응원가가 흘러나왔다. 희준과 주섭 역시 주먹을 불끈 쥐고 응원가를 따라 불렀다.

# 4
# 1948년 4월,
## 배재중학교(1)

　따분한 영어 선생님의 수업이 끝나갈 무렵, 희준은 창밖을 바라봤다. 4월이 되면서 꽃도 피고 해도 길어졌다. 어머니는 추운 겨울이 끝나서 장작값이 덜 든다고 좋아하셨다. 하지만 그의 마음은 더없이 복잡해져만 갔다. 총선 문제로 남북이 갈라지면서 대한민국만 선거를 치르는 쪽으로 흘러갔다. 아버지와 마찬가지로 그의 생각도 어쩔 수 없다는 쪽이었다. 하지만 주섭은 물론이고, 다르게 생각하는 사람들이 많았다. 북한에서 반대해서 안 된다고 아무리 설명해도 막무가내였다.

　"뭐가 어떻게 돌아가는 건지, 원."

　아버지는 신문만 봤다 하면 담배를 피우면서 걱정된다는 말만 되풀이했다. 거리는 선거를 앞두고 선거 운동을 하는 사람들과 그걸 반대하는 사람들로 가득했다. 봄이 왔지만 점점 더 시끄러워지고 있는 셈이다. 이런저런 생각을 하는 사이, 영어 수업이 끝났다. 책을 내려놓은 선생님이 내일 보자는 말을 남기고 앞문으로 나갔다. 주번이 나와서 칠판에 가득한 알파벳들을 지웠다. 마지막 수업이라서 가방에 교과서를 챙기는데 뒷자리에 있던 나성식이 등짝을 찔렀다.

"야! 옥돌장 갈래?"

개학 날부터 옥돌장 가자고 노래를 불렀지만 희준은 딱히 관심도 없고 돈도 없어서 늘 거절했다. 어느 순간부터는 그 역시 의례적으로 물어보는 것으로 바뀌었다. 희준이 뭔 핑계를 댈지 생각하며 바라보는데 그가 먼저 얘기했다.

"다음에 가자."

"싱겁기는."

가방을 옆구리에 끼고 일어나면서 희준은 주섭을 바라봤다.

"가자."

"먼저 가."

희준은 주섭에게 무슨 일인지 물어보고 싶었지만 그러지 말라는 눈빛이 느껴졌다. 알겠다는 말을 하고 나오다가 복도에서 오명진과 마주쳤다. 가방을 옆구리에 끼고 복도 벽에 기대 있던 그가 희준에게 말했다.

"나랑 경교장에 좀 가자."

"거긴 왜?"

심드렁하게 묻는 희준에게 그가 굳은 표정으로 말했다.

"백범 선생님을 말려야지."

"우리가 뭘 말려?"

"시간이 없으니까 가면서 얘기하자."

오명진이 다짜고짜 희준의 팔을 잡아끌었다. 그는 희준의 형이 하사관이라는 사실을 안 다음부터 친하게 굴었다. 좀 부담스럽기는 했지만 오명진의 친구인 덕분에 편하게 지낼 수 있었던 것도 사실이라서 무작정 뿌리치기는 애매했다. 주섭이 잠깐 마음에 걸리기는 했지만 들키지 않으면 상관없다는 생각에 못 이기는 척 따라갔다. 한숨 돌린 오명진이 말했다.

"김구 선생님이 북한으로 가려고 해."

"남북 연석회의에 참석하시는 거야?"

희준의 물음에 오명진이 고개를 끄덕거렸다.

"김일성한테 이용당하는 거라고, 그게."

생각만 해도 분하다는 듯 그는 주먹으로 가슴을 쳤다.

"그래서 막으러 가는 거야?"

"그럼, 드러누워서라도 막아야지."

교문에는 오명진의 친구들이 몇 명 보였다. 자기들끼리 애국 학생회라고 부르는 패거리였다. 오명진이 앞장서는 사이, 친구들이 우르르 몰려갔다. 정동교회 쪽으로 내려가서 곧장 이화중학교가 있는 길을 걸었다. 학교랑 교회, 공관들이 많아서 상대적으로 사람들의 왕래가 적은 길이었다. 그런데 오늘은 새문안교회로 가는 사람들이 꽤나 많았다. 뜻밖의 행렬을 보고 놀란 희준의 눈이 커졌다.

"무슨 일이지?"

한 달 사이에 온갖 일들이 벌어졌다. 가장 중요했던 건 역시 선거 문제였다. 미군정을 마무리짓고 우리 손으로 정부를 세우기 위해서는 선거를 통해 정부를 수립해야만 했다. 문제는 소련이 장악한 38선 이북에서 남북한 동시 선거를 거부한다는 점이었다. 올해 초 입국한 유엔 한국임시위원단의 개입을 거절했다. 미국이 주도권을 가지고 있는 유엔 주도의 총선거에 반대한다는 뜻이었다. 그러자 북한을 제외하고 대한민국만이라도 단독선거를 치러야 한다는 주장이 힘을 얻기 시작했다. 좌익을 비롯한 일부에서는 남북 분단을 고착화시킨다고 반대의 목소리를 높였다.

2월에는 단독선거를 반대하는 남로당을 중심으로 대규모 파업까지 발생했다. 결국 유엔에서도 남한만의 단독선거를 결정했다. 그러면서 세상은 더욱더 어지러워지고 시끄러워졌다. 신문과 라디오는 물론이고, 길거리에서나 극장에서 이 문제를 두고 말다툼을 벌이는 사람들이 한둘이 아니었다. 거리에서는 찬반 집회가 어지럽게 벌어졌다. 앞장서 걷던 오명진이 성난 목소리로 말했다.

"이게 다 김규식 때문이야."

"왜?"

"그 사람이 이끄는 민족자주연맹인가 어디에서 남북요인 회담을 개최하자면서 김구 선생님을 꼬드긴 거잖아."

씩씩거리는 오명진의 말에 희준은 크게 위축되었다. 같은 학년이지만 나이가 몇 살 많기 때문에 쉽게 반박할 수 없었기 때문이다. 그사이에 오명진의 얘기가 이어졌다.

"언제까지 시간을 끌 수는 없어. 선거를 빨리 치르고 정부를 구성하는 게 진정한 독립이지."

그러자 같이 걷던 다른 학생들이 맞장구를 쳤다. 주먹을 불끈 쥔 오명진이 말을 이어갔다.

"그런데 2월 중순에 서한을 보냈는데 북한이 가만있다가 지난달 말에 답장을 보냈어. 민족자주연맹에서 요청한 남북요인회담에 대해서는 일언반구도 없이, 4월 14일 평양에 남측의 요인들이 와서 민족 독립국가 건설에 대한 회의를 하자는 거였어."

"초대를 하긴 한 거네?"

"그건 초대가 아니라 훼방을 놓으려고 그러는 거지. 5월 초에 총선거를 해야 하는데 4월 중순에 부른 의도가 뭐겠어?"

오명진의 물음에 딱히 할말이 없어진 희준이 고개를 갸웃거렸다.

"그, 글쎄?"

"선거를 제대로 못 치르게 하려는 수작이지. 어떻게든 흠집을 내서 말이야."

생각만 해도 분하다는 듯 그의 말이 점점 거칠어졌다.

"지금 제주도도 난리야. 난리."

"신문에서 보긴 봤어."

"무장대가 폭동◆을 일으킨 게 딱 선거를 방해하려고 한 거잖아. 진짜 나쁜 놈들이야."

"어떻게 될까?"

"그래 봤자 섬인데, 뭘. 진압 부대가 가면 금방 해결할 수 있을 거야. 내가 졸업만 빨리했어도 자원 입대하는 건데."

오명진이 생각만 해도 아쉽다는 듯 입맛을 다셨다. 희준은 한 번도 가본 적 없는 제주도가 반란의 불길에 활활 타오르는 모습을 떠올렸다. 선거를 둘러싼 갈등은 너무나 첨예했다. 한 쪽은 남한이라도 단독선거를 해서 하루빨리 정부를 구성해야 한다고 목소리를 높였다. 그래야 미군정을 빨리 끝낼 수 있다는 것이었다. 그래서 전체 투표권자의 약 95퍼센트가 투표를 할 수 있는 자격인 투표인 등록을 했다.

반면, 반대쪽에서는 남한 단독선거는 분단으로 가는 길이라면서 극렬하게 반대했다. 남한이 먼저 선거를 하면 북한도 별도로 선거를 치를 것이고, 그럼 두 개의 정부가 존재하게 될 수밖에 없다는 얘기였다. 따라서 북한을 설득해서 어떻게든 같이 선거를 치러야 한다는 주장이었다.

단독선거 찬성은 이승만과 대한독립촉성국민회 쪽이었고,

---

◆ 1948년 4·3 학살을 보도하던 신문들은 한결같이 '폭동' 내지는 '대폭동'이라는 용어를 사용했다.

반대는 김구가 이끄는 임시정부가 주축이 된 한국독립당 쪽이었다. 그 밖에도 수많은 세력들이 자신들의 사상과 이익에 따라 이합집산을 하는 와중이라 이름을 외우기에도 벅찼다. 이런저런 생각을 하는 사이에 돈의문이 있던 새문안길 사거리에 도착했다. 멀리 언덕 위에 야트막한 담장 너머로 회백색의 서양식 저택이 보였다.

"저게 경교장이야?"

희준의 물음에 앞장서서 걷던 오명진이 고개를 끄덕거렸다.

"원래 이름은 죽첨정이었어. 주인도 따로 있었고."

"누군데?"

"최창학. 일제강점기에 방응모와 더불어 손꼽히던 금광 부자야. 경교장은 그가 만든 서양식 저택이야. 광복이 되고 나서 김구 선생님에게 헌납했는데, 일본색이 난다고 이름을 바꾼 거지."

"그랬구나."

정치에 관심이 많은 아버지 옆에서 이것저것 듣긴 했지만 잘 모르는 것들이 많았다. 반면, 오명진은 나이도 많고 정치에 관심이 많아서인지 자세히 설명해줬다. 희준은 그와 함께 언덕 위에 있는 문으로 들어갔다. 경교장 앞으로는 넓은 마당이 있었는데 사람들로 가득했다. 대부분 와이셔츠에 바지 차림이었고, 몇 명은 머리에 띠를 두르고 있었다.

희준은 오명진에게 이끌려 그들 사이로 들어갔다. 지금이라도 집으로 돌아갈까라는 생각이 잠깐 들었다. 하지만 오명진의 얘기대로 김구 선생님이 북한으로 가는 건 그들에게 이용당하는 것이라는 생각이 발목을 잡았다. 시간이 지날수록 사람들이 점점 많아져서 마당을 가득 채울 정도였다. 사람들에게 떠밀리면서 희준은 점점 앞으로 나아갔다. 그러자 경교장이 비교적 잘 보였다.

"참, 요상하게 생겼네."

서촌에 있는 정신 사납게 생긴 벽수산장만큼은 아니지만 경교장은 은근히 괴상하게 보였다. 벽은 연한 회색으로, 현관 옆의 벽이 앞쪽으로 튀어나왔다. 현관 위로는 배재중학교 동관과 서관처럼 지붕이 있었는데 뾰족한 박공이고 앞쪽에 다락창이 다닥다닥 달렸다. 지붕 위쪽으로는 가늘고 긴 아치형 창문 다섯 개가 촘촘히 자리잡았다.

현관 앞으로 양복을 입은 젊은 남자들이 바쁘게 오갔다. 흥분한 사람들은 점점 현관 쪽으로 다가갔다. 현관은 경관들이 지키고 서서 가까이 오지 못하게 막고 있었다. 그 와중에 검은색 승용차 한 대가 클랙슨을 빵빵거리며 다가오더니, 경사로를 따라 스르륵 올라가서는 현관 앞에 멈췄다. 그걸 본 오명진이 말했다.

"가려나보다. 진짜 가면 안 되는데."

잠시 후, 비쩍 마른 양복 차림의 남자 한 명이 나와서 승용차의 트렁크에 짐가방을 넣고 닫았다. 그리고 회색 두루마기에 뿔테안경을 쓴 김구 선생님이 나와서 승용차의 뒷좌석에 탔다. 그걸 본 오명진이 외쳤다.

"못 가게 막아!"

오명진과 친구들은 물론 머리띠를 두르고 있던 사람들이 우르르 몰려가서는 차 앞에 드러누웠다. 그중 한 명이 주먹을 위로 치켜든 채 외쳤다.

"이대로는 못 가십니다. 차라리 우리를 밟고 가십시오."

"북행 결사 반대! 한 발자국도 못 나간다!"

"서북청년단의 이름으로 김구 선생님의 북한행을 결사 반대한다!"

애원부터 분노까지 다양한 감정이 담긴 목소리들이 터져나왔다. 몇 발자국 떨어진 곳에서 이를 지켜보던 희준은 너무 놀라서 입을 다물지 못했다. 김구 선생님이 탄 차는 누워 있는 사람들에게 비키라는 듯 클랙슨을 울려댔다. 하지만 아무도 일어나지 않았다. 중간쯤 누워 있던 오명진이 목청껏 외쳤다.

"가시면 못 돌아오십니다. 절대 보내드릴 수 없습니다."

오명진의 외침에 누워 있던 사람들이 일제히 박수를 치며 옳소, 하고 외쳤다. 그러자 승용차의 뒷문이 열리고 김구 선생님이 차에서 내려서 경교장 안으로 들어갔다. 그걸 본 오명진이 들어가셨다! 하고 외쳤다. 혼란스러워진 희준은 멍하니 바라만 봤다.

잠시 후, 마당에 모인 사람들 사이에서 함성이 터졌다. 경교장 안으로 들어간 김구 선생님이 현관 지붕 위에 나타난 것이다. 왼쪽 모서리에 선 김구 선생님은 사람들을 내려다보면서 연설을 시작했다. 아래 모여 있던 사람들의 고함소리를 뚫고 강인한 목소리가 들려왔다.

―지난 칠십 평생을 독립운동을 해왔다. 조국의 완전한 독립을 위해 길을 나서려는데 왜 나의 앞길을 가로막는 것이냐! 내가 누굴 위해서 이 길을 가려고 하는지 정녕 모르느냐? 공산당이 나를 잡아 가둘 것 같아서 걱정된다는 마음은 이해한다. 하지만 다 늙은 내가 살면 얼마나 더 살겠는가? 그러니 제발 나의 앞길을 막지 말아다오!

처절한 외침이자 호소였지만 오명진을 비롯한 사람들은 요지부동이었다. 여전히 차 앞에 누워 있던 사람들 중 한 명이 외쳤다.

"절대 못 보냅니다. 공산당에게 속으시는 겁니다."

그 와중에 누군가 외쳤다.

"타이어 바람을 빼자! 바람을 빼버리자!"

오명진과 누워 있던 사람들이 일어나서 벌떼처럼 차량에 매달렸다. 비서와 경관들이 달려와서 뜯어말렸지만 소용이 없었다. 잠시 후, 사람들이 물러나자 타이어의 바람이 빠진 승용차가 주저앉아 있는 게 보였다. 그걸 본 오명진이 두 팔을 하늘로 뻗고 만세를 외쳤다. 흥분한 군중이 따라서 만세를 외치는 걸 지켜보던 김구 선생님이 안으로 들어갔다. 신이 난 오명진이 희준의 팔을 잡고 외쳤다.

"막았다! 막았어!"

희준은 이렇게까지 해서 막아야 하는 것인지 떨떠름했다. 하지만 흥분한 오명진에게 굳이 말을 하지는 않았다. 일단 막았다는 안도감이 퍼졌지만 다들 긴장을 풀지 않고 현관이 보이는 마당에 진을 쳤다. 그렇게 시간이 흘러가는 와중에 희준은 좀이 쑤셨다. 집에 가고 싶었지만 오명진이 만류할 게 뻔했고, 앞으로 상황이 어떻게 돌아갈지 궁금하기도 해서 그대로 남았다. 마당의 잔디밭에 주저앉아서 경교장을 하염없이 바라봤다.

마당에 모인 군중은 어느 정도 긴장이 풀어져 보였다. 오명진도 서북청년단 단원으로 보이는 사람들과 모여서 얘기를 나누는 게 보였다. 할 일이 없어진 희준은 주변을 어슬렁거렸다. 그러다가 경교장의 뒤뜰 쪽으로 접어들었다. 경교장 뒤편은 석물을 조각하는 공장 같은 곳으로, 높은 돌담이 이어졌는데 일부가 허물어져 있어서 널빤지 같은 걸로 막아놓은 상태였다. 소나무도 줄지어 심어져 있었다.

사람들이 아무도 없어서 덜컥 겁이 난 희준은 돌아서려는 찰나 이상한 소리를 들었다. 놀란 그는 재빨리 경교장 모서리 뒤에 숨었다. 뒷문으로 나온 양복 차림의 비서가 누군가와 함께 돌담 쪽으로 향했다. 그는 주변을 살피더니 널빤지를 손으로 잡아 뜯었다. 널빤지는 비바람에 썩어버렸는지 쉽게 뜯겨져 나갔다. 사람이 지나갈 수 있을 정도로 널빤지를 뜯어낸 비서는 동행한 사람에게 몇 마디 속닥거리고는 밖으로 내보냈다.

'뭐하는 거지?'

기적을 느꼈는지 비서가 다시 주변을 살폈다. 고개를 살짝 빼고 살펴보던 희준은 들킬까봐 얼른 몸을 감췄다. 잠시 후, 끙끙거리는 소리와 함께 조심하라는 말소리가 들렸다. 호기심을 못 이긴 희준이 고개를 빼고 살펴봤다. 비서가 경교장 담벼락에 붙어서 뭔가를 끄집어내는 중이었다. 예상 밖의 모습에 희준이 멍하게 바라보는 사이, 지하와 연결된 통로 같은 곳에서 사람이 기어 나왔다. 아까 승용차에서 내려서 경교장으로 들어갔던 김구 선생님이었다.

"헉!"

놀란 희준이 비명을 지르자 통로 밖으로 나와서 한숨을 돌리고 있던 김구 선생님과 비서가 동시에 바라봤다. 비서가 난감한 표정을 짓고 있는데 김구 선생님이 희준에게 가까이 오라는 손짓을 했다. 희준이 주춤주춤 다가가자 뿔테안경을 올려 쓰면서 물었다.

"어느 학교를 다니는가?"

"배, 배재중학교 5학년입니다."

그러자 푸근한 미소를 지은 김구 선생님이 말했다.

"학생에게 못 보일 꼴을 보였구만. 오늘 6시에 남북연석회의가 열리는데 내가 꼭 가야만 해서 이렇게 석탄을 넣는 구멍으로 나왔어."

희준은 머리가 복잡해졌다. 무슨 말을 해야 좋을지 몰라 머뭇거리자 김구 선생님이 한숨을 쉬었다.

"내 앞을 막는 사람들의 심정은 이해하네. 하지만 38선을 베고 죽을지언정 나라가 두 동강이 나는 꼴은 못 본다는 게 내 심정이야. 내가 떠날 때까지 모른 척해주게. 부탁함세."

당당하지만 간절함이 담긴 부탁이었다. 희준은 저도 모르게 고개를 끄덕거렸다. 그러자 김구 선생님은 그의 어깨를 한 번 두드려준 뒤 비서에게 눈짓을 했다. 비서가 앞장서서 아까 널빤지를 뜯어낸 곳으로 나갔고, 김구 선생님이 뒤를 따랐다. 고개를 빼서 슬쩍 살펴보자 석물 공장 쪽에 다른 승용차가 세워져 있었다. 문이 닫히는 소리가 들리자마자 차는 곧장 서울 적십자병원◆ 쪽으로 사라졌다.

마치 꿈을 꾸는 것 같은 기분에 희준은 앞뜰 쪽으로 돌아왔다. 사람들은 김구 선생님이 뒤뜰로 살짝 빠져나갔다는 사실을 꿈에도 모르는 듯 삼삼오오 모여서 얘기를 나누는 중이었다. 뒤늦게 희준을 발견한 오명진이 물었다.

"어디 갔다 온 거야?"

---

◆ 당시 상황은 김구의 비서인 선우진의 회고록을 토대로 재구성했다.

"어, 잠깐 주변 구경했어."

희준이 그렇게 혼자 다니는 게 마음에 안 들었는지 오명진이 짜증을 내려는 찰나, 갑자기 시위대가 들이닥쳤다. 제일 앞에서 치켜든 현수막에는 '김구 선생님의 앞길을 방해 말라!'라고 적혀 있었다. 그걸 본 오명진의 눈빛이 달라졌다.

"저 새끼들은 뭐야!"

경교장 마당에 삼삼오오 흩어져 있던 사람들이 서서히 모여들었다. 그사이에 입구로 들어온 시위대는 북을 치면서 구호를 외쳤다.


**남한 단독선거는 분단으로 가는 지름길이다!**
**단독선거 절대 반대!**
**김구 선생님의 앞길을 막는 책동을 중단하라!**


그들이 외치는 구호를 듣던 오명진이 소리쳤다.

"저거 빨갱이 새끼들이잖아! 감히 어딜 온 거야!"

주먹을 불끈 쥔 오명진이 달려드는 것을 시작으로 경교장 마당에 있던 사람들이 시위대를 향해 몰려들었다. 시위대 역시 싸울 각오를 했는지 물러서지 않았다. 삽시간에 경교장 마당에서 양측이 뒤엉키며 싸움이 벌어졌다. 경관들이 몇 명 있었지만 말릴 엄두를 내지 못할 정도로 격렬하게 충돌했다. 얼떨떨하게 서 있던 희준 역시 사람들에게 떠밀려서 싸움판으로 쓸려 들어갔다.

"으악!"

이리저리 떠밀리던 희준은 빠져나오기 위해 안간힘을 썼지만 쉽지 않았다. 간신히 붙잡힌 팔을 뿌리치고 벗어나려는 찰나, 누군가 멱살을 잡았다. 뿌리치기 위해 멱살을 잡은 손목을 비트는데 상대방이 소리쳤다.

"너, 여기서 뭐해!"

목소리의 주인공은 주섭이었다. 희준 역시 놀라기는 마찬가지였다.

"너야말로 여기서 뭘 하는 거야?"

"김구 선생님을 지키러 왔다."

"니들이 왜?"

희준은 격앙된 목소리로 쏘아붙였다. 그날의 충돌 이후 둘은 가급적 정치 얘기는 하지 않고, 현장에도 가지 않기로 암묵적인 합의를 봤었다. 그런데 이런 곳에서 마주쳤기 때문에 더 화가 치밀었다.

"너희가 통일을 반대하니까."

"너희야말로 김구 선생님을 발목 잡는 게 아니고?"

"아까 보니까 차 앞에 드러누웠던데, 그게 발목 잡는 거 아니야?"

비꼬는 것 같은 주섭의 말투에 희준은 화가 머리끝까지 치밀어 올랐다. 뜻밖의 장소에서 마주쳤다는 배신감까지 더해지면서 감정이 더 격해졌다.

"먼저 가라고 하더니 이런 데 오려고 그랬구나."

"너야말로 이런 데는 안 올 거 같던데."

주섭의 대꾸에 이성을 잃은 희준은 거세게 주먹을 날렸다. 주섭 역시 지지 않고 주먹질을 해댔다. 분노에 찬 두 사람은 서로 뒤엉켜서 싸우면서 발길질을 해댔다. 그러면서 교복이 뜯기고, 흙투성이가 되었다. 둘이 낀 양쪽의 싸움은 경관들이 무리 지어 몰려오면서 끝이 났다. 호각을 불어대고 허공에 공포탄을 쏘자 약속이나 한 듯 물러난 것이다. 경교장으로 난입한 시위대가 뿔뿔이 흩어져서 사라졌다. 희준은 도망치는 주섭의 뒷모습을 노려봤다. 배신감과 증오로 인해 가슴이 터질 것만 같았다. 씩씩대며 노려보는 희준을 본 오명진이 땅에 떨어진 모자를 집어서 먼지를 탁탁 털어 건네주면서 말했다.

"싸움 실력이 제법인데?"

칭찬 아닌 칭찬을 받았지만 희준은 울고 싶은 마음뿐이었다. 오명진이 한쪽 손을 번쩍 치켜들고 외쳤다.

"우리가 김구 선생님을 지켰다."

희준은 네가 그렇게 지키고 싶었던 김구 선생님은 이미 경교장을 빠져나갔다고 말하고 싶었지만 꾹 참았다. 결국 참았던 눈물이 쏟아졌다.


경교장을 빠져나온 시위대는 경관들이 쫓아오자 흩어졌다. 주섭은 미리 얘기를 들은 대로 서울적십자병원 쪽 골목으로 뛰어 들어갔다. 뒤에서는 경관들의 호각 소리가 요란하게 들려왔다. 다음달에 있을 선거에 출마하는 후보들의 벽보가 여기저기 붙어 있었다. 골목길을 빠져나오자 사람들의 평온한 일상이 보였다.

주섭은 나무로 된 전봇대에 기댄 채 숨을 몰아쉬었다. 길가의 레코드 가게에서는 현인이 부른 〈신라의 달밤〉이 흘러나오는 중이었다. 한참 숨을 고르는데 코피가 주르륵 흘러나오는 게 느껴졌다. 소매로 코를 막은 그는 천천히 발걸음을 옮겼다. 포대기로 아기를 업고, 머리에는 보따리를 두 개나 얹은 아주머니가 느릿하게 걸어가는 중이었다.

　큰길을 지나가는데 길옆에 세워진 트럭의 짐칸에서 확성기를 든 정치인이 유세중이었다. 한국민주당 소속이었는지 토지제도의 합리적인 재편성을 주장하면서 핏대를 세웠다. 트럭 주변에서는 밀짚모자를 쓴 사람들이 삐라를 나눠주는 중이었다. 그 옆을 지나가던 주섭은 땅에 떨어진 삐라를 집었다. 그러곤 모서리를 찢어서 코를 틀어막았다.

　새문안교회까지 걸어간 주섭은 그 앞의 버스 정류장에서 때마침 도착한 버스를 탔다. 덜커덩거리는 버스에 몸을 실은 그는 먼지가 잔뜩 낀 창가에 자리잡고 한숨을 돌렸다. 동묘 앞에서 내린 그는 터덜터덜 집으로 돌아왔다. 대문을 열고 들어서며, 그는 몸에 난 상처에 대해서 어머니에게 어떻게 변명할까 고민했다. 하지만 눈앞에 펼쳐진 집안 풍경을 보고 너무 놀라 할말을 잊고 말았다. 어머니가 애지중지하던 세간살이들이 마당에 팽개쳐져 있었고, 아버지가 일본에서 힘들게 가지고 왔던 괘종시계도 산산조각난 상태였기 때문이다.

　"무슨 일이지?"

　놀란 주섭이 주변을 두리번거리는데 부엌에서 어머니가 그릇들을 들고 나왔다. 헝클어진 머리에 넋이 나간 표정의 어머니를 본 그는 한걸음에 달려갔다.

"어머니, 괜찮으세요?"

"안 괜찮다. 안 괜찮아."

어머니는 넋두리처럼 같은 말만 내뱉었다. 주섭은 엉망이
된 세간들이 널린 마당을 바라봤다. 일본에서 거의 빈손이나
다름없이 귀국한 이후 하나씩 어렵게 장만한 세간들이었다.

"무슨 일이에요?"

"경찰들이 들이닥쳤다."

"경찰들이 왜요?"

"수배자를 찾는다고, 그러면서 집안 세간들을 다 박살 내
놨지 뭐니."

주섭은 어머니가 왜 충격을 받았는지 이해가 갔다. 문득
아버지가 안 보인다는 사실에 놀란 그가 물었다.

"아버지는요?"

"안방에 있다. 내가 그렇게 하지 말라고 했는데 말을 안 듣
더니……"

말끝을 흐리던 어머니는 그제야 상처투성이가 된 주섭의
모습이 눈에 들어왔는지 깜짝 놀라며 물었다.

"어디서 이렇게 다친 거냐?"

"그, 그냥요."

"그냥이라니!"

벌떡 일어난 어머니가 그를 일으켜 세운 다음에 몸을 이리 저리 살펴봤다. 그러더니 등을 찰싹 때렸다.

"시위 같은 거 나가서 패싸움했지?"

정확하게 알아맞힌 어머니의 말에 그는 손사래를 쳤다.

"아니야. 친구랑 놀다가 시비가 붙어서 싸운 거야."

"이게 한 놈이랑 싸워서 난 상처가 아니잖아. 사실대로 말 해!"

"진짜라니까!"

겁이 난 주섭이 아니라고 거듭 부인하자 어머니가 바닥에 있던 싸리비를 들고 때리는 시늉을 했다.

"똑바로 말 안 하면 나한테 혼날 줄 알아!"

결국 견디다못한 그가 털어놨다.

"주현이 아저씨 부탁이었어요."

"무슨 부탁?"

"시위에 같이 나가달라는 부탁이요."

평소에 부탁 같은 걸 안 하던 주현이 아저씨의 얘기라 의 아하긴 했다. 하지만 하도 간절하게 부탁하는 바람에 승낙했다. 그것 때문에 마음이 불편해서 학교에서 희준이와도 말을 나누지 않았다. 그런데 경교장에서 딱 마주쳤던 것이다. 무엇보다 희준이 서북청년단 사이에 있었다는 게 화가 났다. 그래서 정신없이 치고받았지만 마음은 더 불편하고 무거워지고 말았다. 주섭의 얘기를 들은 어머니는 화가 머리끝까지 난 표정을 지었다. 그러고는 곧장 안방으로 뛰쳐 들어갔다. 놀란 그가 따라갔다.

"엄마!"

안방 문을 벌컥 밀고 들어간 어머니는 앉아서 담배를 뻑뻑 피우던 아버지에게 달려들었다.

"기어이 자식까지 잡아먹으려고 들어?"

어머니가 손바닥으로 아버지의 얼굴과 머리를 마구 때리며 고함을 쳤다. 깜짝 놀란 아버지가 말했다.

"이게 무슨 짓이야? 지금 제정신이야?"

"그래, 미쳤다. 남편이 미쳤는데 마누라라고 안 미치겠어?"

평소에 쓰지 않던 험한 말을 내뱉은 어머니가 아버지의 등짝을 거칠게 때리면서 통곡했다.

"하나밖에 없는 자식새끼까지 잡아먹으려고 드는데 어떤 어미가 제정신이겠어!"

연거푸 등짝을 맞던 아버지가 결국 견디다못해 어머니의 손길을 뿌리쳤다.

"그만 좀 때려! 아까 경찰한테 맞아서 아파죽겠단 말이야."

떠밀린 어머지는 벽에 기댄 채 하염없이 울었다.

"내가 이 꼴을 보려고 그 아까운 세간살이 다 놔두고 여길 온 줄 알아요? 사람답게 살아보려고 온 건데 이게 무슨 꼴이에요!"

그제야 아버지의 한쪽 눈에 멍이 들어 있는 걸 본 주섭이 물었다.

"경찰한테 맞은 거예요?"

"미친놈들 같으니! 없다고 하니까 어디 숨겼냐고 다짜고짜 발길질을 하더라."

"누굴 찾아온 건데요?"

주섭의 물음에 아버지가 담배 연기를 내뿜으며 말했다.

"주현이를 찾으러 왔었나봐."

"안 잡혀갔어요?"

"오늘 아침에 나갔잖아."

아마 경교장에서 벌어진 시위 덕분이었을 것이라는 생각

에 주섭은 안도의 한숨을 쉬었다. 어머니도 같은 생각이었는지 푸념 아닌 푸념을 했다.

"그나마 집에 없었으니까 천만다행이었지. 여기 있다가 잡혔어 봐라. 우린 결단 났어."

아버지도 어지간히 충격을 받았는지 어머니의 잔소리에 별다른 대꾸를 하지 않았다. 넋이 나간 아버지와 상심에 빠진 어머니를 보던 주섭은 말없이 방을 나갔다.

다음날 눈을 뜨니 주섭은 이마에 멍이 들고 코가 부어 있었다. 어머니는 마음이 어느 정도 누그러졌는지 일찍 일어나 부엌에서 미음을 끓이는 중이었다. 퉁퉁 부은 주섭의 얼굴을 본 어머니가 혀를 찼다.

"아이고, 내가 못 살아."

어머니가 끓여준 미음을 조금 먹고서 주섭은 곧장 학교로 갔다. 여느 때처럼 버스와 전차는 잘 오지 않았고, 기다리는 사람도 많아서 그냥 걸어가기로 했다. 선거를 코앞에 두고 있어서 그런지 현수막들이 어지럽게 걸려 있었다. 중간에 호외가 뿌려졌는데 어제 오후 경교장에서 빠져나간 김구 선생님이 북한에 도착해서 남북연석회의에 참석할 준비를 한다는 내용이었다.

가방을 옆구리에 끼고 학교에 도착한 주섭은 교문으로 들어가는 학생들 사이에 섞여서 안으로 향했다. 교실에 들어가자 먼저 와 있던 희준이 보였다. 희준 역시 어제 싸움의 여파 때문인지 한쪽 눈에 피멍이 들어 있었다. 눈이 마주치자 희준은 대놓고 몸을 돌렸다. 주섭 역시 의자를 최대한 반대쪽으로 당겨서 앉았다. 그런 둘의 모습을 본 나성식이 혀를 찼다.

"꼬락서니를 보니 어제 둘이 한판 붙었구만. 누가 이긴 거야?"

거의 동시에 고개를 돌리며 둘은 외쳤다.

"조용히 해!"

희준과 같은 생각이었다는 사실에 머쓱해진 주섭은 앞으로 돌아앉았다. 그걸 본 나성식이 또 이죽거렸다.

"친구들끼리 싸우면 이기는 쪽은 없어. 안 그래?"

둘이 아무런 반응도 보이지 않자 그가 또 끼어들었다.

"그러지 말고 끝나고 나랑 옥돌장에 가서 화해하자. 어때?"

때마침 담임 선생님이 들어오면서 그의 잔소리는 끝이 났다.

첫번째 수업이 끝나고 둘은 자연스럽게 복도 끝에서 마주 쳤다. 주섭이 희준에게 말했다.

"앞으로 알은척하지 말자."

"내가 할 소리."

퉁명스럽게 내뱉은 희준이 덧붙였다.

"선생님한테 얘기해서 자리 바꿔달라고 할 거니까 그렇게 알아."

"고맙다."

짧게 대꾸한 주섭은 씨근덕거리며 돌아섰다. 여전히 화가 났지만 절친한 친구를 잃었다는 생각에 눈물이 날 것 같았다.

# 5
# 1948년 4월,
## 배재중학교(2)

다음날, 김영칠 선생님은 희준과 주섭을 삼층 다락방으로 불렀다. 경사진 지붕에 딸려 있는 방이라서 교실로는 사용하지 못했고, 교사들이 연구실로 쓰거나 창고로 사용했다. 선생님은 책이 빼곡하게 쌓여 있는 창가 근처에 서 있었다. 다락창을 열어놓은 후 그는 둘을 가까이 불렀다. 그러고는 얼굴을 살펴보고 혀를 찼다.

"다 큰 놈들이 애들처럼 싸운 거냐?"

설명하기에는 너무 복잡한 사안이라 희준은 입을 다물었다. 주섭 역시 별다른 말이 없었다. 창밖을 물끄러미 바라보던 선생님이 입을 열었다.

"왜 자리를 바꿔달라는 건지 얘기해봐."

주저하던 희준이 대답했다.

"생각이 맞지 않습니다."

"생각이 맞는 사람이 얼마나 된다고 그래? 그런 걸로 바꿔 주면 우리 반 학생들 자리 다 바꿔야 해, 인마."

선생님의 퉁명스러운 말에 희준은 이러다 자리를 못 바꿀지도 모른다는 생각이 들어 서둘러 대답했다.

"주섭이는 단독선거를 반대합니다. 그래서 같이 있기 싫습니다."

그러자 주섭 역시 재빨리 끼어들었다.

"남북 총선거를 반대하는 생각을 가진 친구와는 같이 있고 싶지 않습니다."

둘의 얘기를 들은 선생님이 한심하다는 눈길로 바라봤다.

"정신 차리고 힘을 합쳐도 모를 판국에 학생들끼리 싸우는 거야?"

그러자 희준이 살짝 발끈했다.

"학생이면 무조건 생각이 똑같아야 합니까?"

"무조건 같을 필요는 없지. 하지만 상황을 생각해봐야지."

선생님의 말에 희준은 고개를 저었다.

"충분히 생각해봤습니다."

주섭 역시 같은 생각이라는 듯 고개를 끄덕거리자 선생님이 괴로운 표정으로 창밖을 바라봤다.

"그래, 자리 바꿔주마. 대신 오늘 둘이 어딜 같이 갔다 와라."

"싫습니다."

둘이 거의 동시에 대답하자 선생님이 주머니에서 쪽지를 꺼내서 건넸다. 쪽지를 받은 희준은 말없이 펼쳤다. 무심코 글씨를 읽다가 너무 놀라서 아무 말도 하지 못했다. 옆에서 지켜보던 주섭이 참다못해 물었다.

"왜 그래?"

희준은 주섭에게 쪽지를 보여줬다.

"성식이가 많이 아프대."

"뭐라고?"

놀란 주섭이 쪽지를 채갔다. 희준이 선생님에게 물었다.

"성식이가 왜 입원한 겁니까?"

"복어알 독에 중독되었다고 하더라."

그 얘기를 들은 주섭이 끼어들었다.

"복어알이요? 독이 있어서 위험한 건데 잘못 먹은 건가요?"

"그게 아니라 시장에서 버린 복어알을 국으로 끓여서 먹다가 사고♦가 난 모양이야."

"맙소사."

희준이 어이가 없다는 눈으로 바라보자 선생님이 한숨을 쉬었다.

"먹고살기가 어려우니 그냥 생선알인 줄 알았겠지."

"바보 같으니라고."

주섭이 화를 내며 돌아섰다. 하지만 희준은 그가 눈물을 감추기 위해서 그랬다는 걸 알고 있었다. 희준 역시 눈물을 참지 못했다. 둘이 등을 돌린 채 우는 걸 보던 선생님이 말했다.

"교감 선생님에게는 내가 말해놓을 테니 갔다 와."

"네, 선생님."

둘은 같이 고개를 숙이고 밖으로 나왔다. 복도를 걷고 계단을 내려오는 내내 아무 말도 없다가 교문을 나설 즈음에야 희준이 먼저 물었다.

"어느 길로 갈래?"

"제일 빠른 길로."

---

♦ 1970년대까지 버려진 복어알을 주워서 끓여 먹고 사망한 사례들이 굉장히 많다.

"그럼 뛰자."

희준의 말에 주섭이 고개를 끄덕거렸다. 곧 둘은 약속이나 한 듯 정동 거리를 뛰기 시작했다. 다시금 쏟아지려는 눈물을 참기 위해 희준은 계속 중얼거렸다.

"이럴 줄 알았으면 옥돌장이라도 한번 같이 가는 건데."

주섭 역시 비슷한 말을 중얼거리며 뛰었다. 이화중학교를 지나 경교장이 있는 사거리에 도착할 즈음 둘은 숨이 넘어갈 정도로 지쳤다. 거기서부터 서울적십자병원까지는 빠른 걸음으로 갔다. 콘크리트로 만든 사층짜리 서울적십자병원 주변은 환자의 가족들과 병문안을 온 사람들로 가득했다. 그리고 그들을 상대로 떡이나 담배를 파는 행상들이 주변을 어슬렁거렸다. 병원 앞에 도착해서 헉헉거리는 희준에게 주섭이 물었다.

"몇 호실이야?"

"312호."

"삼층으로 어서 올라가자."

주섭이 앞장서서 병원 안으로 들어갔다. 병원 특유의 알코올 냄새에 잠시 휘청거린 희준은 주섭을 따라 계단을 올라갔다. 환자와 가족들로 가득찬 복도를 헤집고 가던 주섭이 312호를 발견하고는 뒤따라오던 희준에게 손짓했다.

"여기야."

주섭을 따라 희준도 병실 안으로 들어갔다. 눅눅한 약 냄새 사이로 환자 가족들의 한숨소리가 들렸다. 환자들이 누워 있는 침대를 쭉 살피던 희준은 창가 쪽 침대에 누운 나성식을 발견했다.

"성식아!"

늘 쾌활하게 웃던 나성식은 입술과 얼굴이 모두 파리했다. 목까지 이불을 덮고 눈을 감고 있던 그는 자신의 이름이 불리자 힘겹게 눈을 떴다.

"야! 괜찮아?"

머리맡에 선 희준의 물음에 그는 힘없이 웃었다.

"괜찮으면 여기 누워 있겠냐?"

"자식아, 농담이 나와?"

희준의 핀잔 아닌 핀잔에 그가 대꾸했다.

"농담이라도 해야지."

궁금했다는 듯 주섭이 물었다.

"복어알을 왜 먹은 거야? 그거 엄청 독성이 강한 거잖아."

"내가 먹고 싶어서 먹었겠냐? 어머니가 시장에서 일하고 돌아오다가 그냥 생선알인 줄 알고 가져온 거지."

"그래서 가족들이 다 함께 먹은 거야?"

희준의 물음에 나성식이 마른침을 삼키며 고개를 끄덕거렸다.

"전날부터 쌀이 떨어져서 아무것도 못 먹고 있었거든. 그런데 아침에 아버지가 일을 갔다가 보리쌀을 좀 받아 오셨어. 어머니도 시장에 가서 일을 해주시고 반찬거리를 받아 왔고 말이야. 이제 국거리만 있으면 되겠다 싶었는데 딱 그게 눈에 띈 거지."

그 얘기를 들은 희준과 주섭은 할말을 잊었다. 가난과 굶주림이 일상이었다. 아침에 등교하기 위해 거리에 나가면 밤새 굶어 죽은 거지들이 곳곳에 있었다. 빈손으로 월남해서 해방촌에 천막을 치고 사는 사람들도 한둘이 아니었다. 굶주림과 질병, 어이없는 사건과 사고들로 많은 사람들이 목숨을 잃곤 했다. 하지만 늘 밝은 성격에 장난기 많던 나성식이 이런 일을 겪을 줄은 꿈에도 몰랐다. 그래서인지 더 놀란 둘은 아무 말도 못하고 울기만 했다. 그런 둘을 바라보던 나성식이 혀를 찼다.

"어이구, 얼굴을 보니까 둘이 싸웠구만. 너희들은 나 없으면 어떡할 거야?"

그 얘기를 듣고 겨우 눈물을 멈춘 희준이 말했다.

"인마, 그러니까 얼른 일어나."

"못 일어날 거 같아."

늘 낙천적이던 나성식의 말이라 더 충격적이었다. 희준은 애써 충격을 감추고 말했다.

"못 일어나긴, 쇠도 소화시킬 수 있으면서."

"나 빼고 다 죽었어. 우리 가족."

무덤덤하게 얘기하며 그가 옆자리를 바라봤다.

"아침까지 저기에 어머니가 누워 있었다. 나한테 미안하다고 말하면서 돌아가셨어."

"다른 가족들도 다?"

놀란 희준의 물음에 그가 고개를 끄덕거렸다.

"그나마 나는 늦게 들어와서 남은 거 먹고, 어머니는 가족들 주느라 덜 먹어서 오늘까지 버틴 거야. 다른 가족들은 병원에 실려 오자마자 바로 영안실로 갔어."

갑작스럽게 닥친 가족의 비극에도 그는 의외로 덤덤했다. 왜 그랬는지는 다음 얘기로 알 수 있었다.

"이제 내 차례일 거야."

"무슨 말을 그렇게 해!"

지켜보던 주섭이 다급하게 말하자 그가 쓴웃음을 지었다.

"나 혼자만 살아남아도 문제 아니겠어?"

틀린 얘기는 아니라는 생각에 희준은 아무 말도 못했다. 그 역시 가족들이 모두 죽게 되는 상황이 온다면, 결코 혼자 살아남고 싶지는 않았기 때문이다. 두 사람이 침묵을 지키자 나성식이 헛기침을 하면서 말했다.

"그래도 죽기 전에 너희들을 봐서 다행이다. 이것들아, 싸우지 마."

"지금 우리 걱정할 때야?"

희준의 말에 그는 힘없이 웃었다.

"나 없으면 맨날 치고받을까봐 걱정이니까 그렇지. 하나는 북쪽에서 왔고, 하나는 일본에서 와서 여기가 낯설잖아. 안 그래?"

희준은 서울에서 지낸 지 이제 1년 가까이 되었지만 그의 말대로 여전히 낯선 곳이었다. 주섭 역시 같은 생각이었는지 눈물을 흘리며 고개를 끄덕거렸다.

"그러니까 싸우지들 마. 뒤에서 볼 때마다 불안 불안했는데 이제 내가 없으면 맘놓고 싸울 거 아니야."

애써 눈물을 참은 희준이 일부러 목소리를 높였다.

"알았으니까 얼른 일어나. 옥돌장에 같이 가야지. 말만 하고 한 번도 못 갔잖아."

"그러게."

그 말을 끝으로 나성식의 상태가 갑자기 나빠졌다. 숨을 가쁘게 쉬더니 가래 끓는 소리를 냈다. 놀란 희준이 손을 잡았다가 깜짝 놀랐다.

"손이 얼음장 같아."

그의 얘기를 들은 주섭이 말했다.

"나가서 사람 불러올게."

주섭이 허둥지둥 나간 사이 희준이 점점 차가워지는 나성식의 손을 꽉 잡았다.

"인마. 정신 차려. 이렇게 가면 어떡해."

방금 전까지 웃고 얘기하던 사람은 더이상 없었다. 식중독에 괴로워하는 환자만 존재하고 있었다. 잠시 후, 주섭이 데려온 간호사가 그의 상태를 보더니 다시 밖으로 나가서 의사를 불러왔다. 하얀 가운을 입은 의사는 이미 의식을 잃고 축 늘어진 나성식을 보고는 중환자실로 옮기라는 지시를 내렸다. 그가 침대째 병실 밖으로 나가는 걸 바라보던 희준은 넋을 놓고 울었다. 그러다가 옆에서 울고 있는 주섭을 끌어안았다.

"미안하다. 주섭아."

"아니야. 내가 잘못했어."

나성식의 마지막 말대로 둘은 울면서 화해를 했다. 싸우기에는 너무 외로웠고, 아직 어리다는 생각이 든 것이다.

다음날, 등교한 둘은 어젯밤에 나성식이 사망했다는 소식을 들었다. 장례를 치러줄 가족들이 모두 사망했기 때문에 빈소는 친척들이 지켰다. 나성식의 죽음 이후, 둘은 다시 가까워졌다. 오명진이 가끔 희준을 시위 같은 곳에 데려가려고 했다. 하지만 희준은 다른 핑계를 대면서 빠졌다. 주섭 역시 눈에 띄는 행동을 하지 않고 조용히 학교 생활을 했다.

5월 10일의 총선거가 끝나고, 제헌의회가 열리자 혼란도 어느 정도 가라앉았다. 다만, 제주도에서 폭동이 계속 이어지고 있어서 형이 휴가를 나오지 못한다는 사실에 부모님이 몹시 안타까워했다. 희준 역시 형이 선물로 준 전집을 읽으면서 아쉬운 마음을 달랬다.

# 6
# 1948년 8~10월,
## 서촌

여름방학을 맞이해 집에서 지내고 있던 희준이 잠깐 인왕산에 올라갔다가 오자 마당에서 빨래를 널던 어머니가 말했다.

"아까 친구가 왔다 갔다."

"누구요?"

잠깐 생각하던 어머니가 대답했다.

"주섭이라고 하면 안다고 하던데."

"짝이에요. 왜 왔대요?"

"할 얘기 있다고 온 것 같더라. 네가 없다고 하니까 남산에서 만나자고 하고 갔어."

"남산이요?"

"응, 스키 탔던 곳이라고 하면 알 거라고 하던데?"

"아! 어딘지 알아요. 갔다 올게요."

대문 밖으로 도로 나가려는 희준에게 어머니가 말했다.

"밤늦게 다니지 말고 일찍 다녀."

"네. 금방 돌아올게요."


서촌의 내리막길을 내려온 희준은 마침 서울역으로 가는 전차가 정거장에 멈춘 걸 보고 서둘러 뛰어갔다. 기다리던 사람들이 전차 안은 물론 바깥까지 매달렸다. 희준은 뒤쪽 칸에 매달렸다. 다행히 전차의 속도는 사람이 뛰는 속도랑 비슷해서 무섭지 않았다. 그렇게 서울역까지 도착한 그는 도로를 건너서 남산으로 향했다. 일제강점기 조선신궁으로 올라가던 계단을 본 그는 올초 이곳에서 열린 스키대회에 참석했던 기억을 떠올렸다.

"여기서 주섭이를 처음 만났었지."

그때를 떠올리며 계단을 올라가던 희준은 중간의 계단참에서 주섭을 발견했다. 얇은 바지에 헐렁한 셔츠 차림의 주섭을 본 희준은 알은척을 했다.

"우리집에 왔다며?"

"어, 인왕산으로 산책 갔다고 해서 어머니한테 인사드리고 나왔어."

"무슨 일로 보자고 한 건데?"

희준이 묻자 잠시 서울 풍경을 내려다보던 주섭이 대답했다.

"작별 인사를 하려고."

"뜬금없이 웬 작별 인사?"

예상 밖의 얘기에 놀란 희준에게 주섭이 말했다.

"내일모레 안동으로 내려간다."

"내일모레면 6일이네? 거긴 왜?"

희준의 물음에 주섭이 어깨를 으쓱거렸다.

"아버지 고향이야. 어머니가 거기로 이사 가자고 하셨어."

"기껏 서울에 자리잡았는데?"

그 말에 주섭이 쓴웃음을 지었다.

"어머니가 이런저런 일들 때문에 굉장히 불안해하셨거든, 결국 아버지가 승낙하신 거지."

"몇 시에 내려가? 내가 나갈까?"

주섭은 그 말에 고개를 저었다.

"아침 일찍이야. 6시 좀 넘어서 서울역에서 떠나."

희준은 아쉬움 가득한 얼굴로 물었다.

"그럼 전학 가야 하는 거야?"

고개를 끄덕거린 주섭이 손을 희준에게 내밀었다.

"어제 학교 가서 전학 신청 했어. 김영칠 선생님도 몹시 아쉬워하시더라."

"그럴 만도 하지. 널 얼마나 아꼈는데."

"그분은 모든 학생들을 다 아껴주셨지."

"그렇긴 하지."

한숨을 쉰 희준은 주섭이 내민 손을 잡았다.

"그래서 남산에서 만나자고 한 거구나."

주섭이 계단을 쭉 바라보면서 말했다.

"응, 여기서 우리가 처음 만났잖아."

"올겨울에 눈이 쌓이면 또 타려고 했는데 아쉽네."

"그러게. 그때만 기다리고 있었는데 말이야."

가라앉은 눈빛으로 남산의 계단을 바라보던 주섭에게 희준이 말했다.

"겨울에 올라오면 되지. 아니면 내가 스키 짊어지고 내려갈게. 안동에도 눈이 오면 스키 탈 만한 산이 있을 거 아니야."

"맞아. 있겠지."

둘은 유쾌하게 웃었다. 웃음이 그친 후에 희준이 애써 밝은 목소리로 말했다.

"도착하자마자 편지해라."

"알겠어."

얘기를 마친 둘은 아무 말 없이 서울을 내려다봤다. 침묵을 지키던 희준이 입을 열었다.

"겉으로 보기에는 아무 일도 없는 것처럼 조용한데 말이야."

"그러게."

주섭과 아쉬운 작별 인사를 하고 집으로 돌아온 희준은 집 안 분위기가 무거워진 것을 느꼈다. 아버지는 대청에서 신문을 읽으며 담배를 뻑뻑 피우는 중이었고, 그 옆에서 어머니 역시 무겁게 한숨을 쉬었다. 재빨리 신발을 벗고 대청에 올라간 희준이 어머니에게 슬쩍 물었다.

"무슨 일 있어요?"

"형한테 전보가 왔는데 말이다."

그러면서 재떨이 옆에 있던 전보용지를 슬쩍 밀었다. 하얀색 전보용지에는 '휴가 취소'라고 적혀 있었다. 그걸 본 희준도 한숨을 쉬었다.

"형 또 못 오는 거예요?"

"제주도에서 폭동이 이어지나봐. 망할 놈의 빨갱이 새끼들 같으니."

아버지의 말에 희준은 그 섬에 빨갱이들이 얼마나 많으면 이렇게 오랫동안 폭동이 이어지는지 궁금했다. 한편 그들이 전부 빨갱이인지도 의문이 들었다. 하지만 집안 분위기상 그런 말을 할 상황은 아니라서 잠자코 있었다. 신문을 뒤적거리며 아버지가 다시 담배를 찾아 입에 물자 어머니가 말했다.

"집에서 너구리 잡는 것도 아니고 적당히 좀 피워요."

"열받아서 그래. 이제 좀 있으면 정부가 세워지는 시기인데 안팎으로 다들 시끄럽잖아."

아버지의 말에 어머니는 그놈의 나라 타령 지겨워죽겠다고 말하고는 부엌으로 사라졌다. 희준 역시 옆에 남아 있어서 좋을 게 없다는 걸 경험상 알고 있었다. 그는 적당히 눈치를 보다가 방으로 들어갔다.

이틀 후, 꼭두새벽에 일어난 주섭은 전날 싸놓은 짐을 챙겨서 집을 나섰다. 짐이 무척 많고 이른 새벽이라 전차나 버스는 엄두를 내지 못하고 걸어가야만 했기 때문에 일찌감치 눈을 뜬 것이다. 이불을 싼 보따리를 머리에 올린 어머니는 몇 번이고 집을 돌아봤다. 커다란 짐가방을 양손에 든 양복 차림의 아버지가 그런 어머니에게 말했다.

"아니, 떠나자고 한 사람이 뭘 그리 돌아봐?"

"내가 여길 싫어서 떠나자고 한 건 아니잖아요."

"알겠으니까 얼른 따라오기나 해."

앞장서서 걷는 아버지와 뒤를 따르는 어머니를 보며 주섭은 천천히 걸었다. 다른 것보다 학교에서 사귄 친구들과 헤어진다는 게 못내 아쉬웠기 때문이다. 하지만 서울에 남았다가는 큰일이 나고 만다는 어머니의 믿음은 확고했다. 큰길로 나와서 탑골공원까지 걸어갈 때까지 하늘은 창백했다. 거리에는 인적이 드물었는데 간혹 거지들과, 밤새 술을 마시고 길거리에 쓰러진 취객들이 보일 뿐이었다. 토사물을 본 아버지가 혀를 찼다.

"이런, 길바닥에 라이스카레를 만들어버렸네."◆

시체처럼 쓰러진 취객들을 피해 쭉 걸어가던 주섭의 눈에

---

◆ 1950년 1월 11일자 경향신문에 취객이 길거리에서 라이스카레를 제조한다는 내용이 실려 있다. 같이 실린 삽화의 내용을 보면 토사물을 지칭하는 것으로 보인다.

화신백화점이 들어왔다. 종로 사거리의 한쪽을 차지하고 있는 화신백화점은 지하 일층, 지상 육층의 높이로 종로 일대에서는 높은 건물 중 하나였다. 회백색 콘크리트 벽에 걸린, 재봉틀을 싸게 판다는 현수막이 새벽바람에 펄럭거리는 중이었다. 그걸 본 어머니가 괴롭다는 듯 한숨을 쉬었다. 주섭은 예전부터 어머니가 재봉틀을 하나 사고 싶어했다는 것을 기억했다.

한 시간 조금 넘게 걸어서 서울역의 커다란 돔이 보이는 곳에 도착한 아버지는 짐가방을 내려놓고 한숨부터 쉬었다. 보따리를 내려놓은 어머니가 무릎을 주먹으로 두드리는 사이, 서울역의 현관 위쪽에 있는 커다란 시계를 본 아버지가 말했다.

"얼른 갑시다."

"몇시 차인데 서둘러요?"

다리가 아픈지 연신 무릎을 두드리는 어머니의 물음에 아버지가 대꾸했다.

"6시 15분, 지금이 6시니까 서둘러야 해."

"알겠어요."

주섭은 어머니가 이불 보따리를 머리에 다시 올리는 걸 도와줬다. 새벽이라 그런지 서울역은 한산했는데 촛불을 켜놓고 과일이나 술 등을 파는 상인들이 담장 앞에 옹기종기 모여 있었다. 그걸 본 어머니가 안타까운 표정으로 중얼거렸다.

"아니, 사람도 없는데 새벽부터 왜 나왔을까?"

"늦게 나오면 자리가 없으니까 그러겠지."

알은척을 한 아버지가 서울역 안으로 서둘러 들어갔다. 역 안도 바깥처럼 어두웠다. 선거로 제헌의회를 구성한 후, 북한에서 송전을 차단하면서 가정집은 물론이고 역사도 전기를 제대로 사용하지 못하는 상황이었다. 주섭의 가족은 중간중간 역무원들이 켜놓은 촛불에 의지해 승강장으로 향했다. 양복 안주머니에서 열차표를 꺼낸 아버지가 승강장 입구를 지키고 있던 역무원에게 내밀었다. 표를 찢어서 돌려준 역무원이 어서 들어가라고 손짓했다. 승강장에는 기관차 한 대가 증기를 내뿜으면서 대기하는 중이었다. 아버지가 객차에 붙은 번호를 보면서 걸음을 옮겼다.

"우리가 3호 차니까, 저기 있다."

먼저 올라간 아버지가 어머니에게 손을 내밀었다. 아버지의 손을 잡은 어머니가 객차에 올라가는 걸 본 주섭은 따라서 올라갔다. 안에는 절반쯤 승객이 차 있었다. 선반에 붙은 번호를 확인하면서 앞으로 나아가던 아버지는 선반 위에 짐가방을 올렸다.

"여기다."

주섭도 책과 노트가 든 가방과 옷이 든 보따리를 올렸다. 어머니가 머리에 이고 온 이불 보따리는 너무 커서 겨우 올릴 수 있었다. 창가에 자리잡은 어머니가 착잡한 마음이 들었는지 눈물을 글썽거렸다. 양복 안주머니에서 담배를 꺼낸 아버지가 그런 어머니에게 말했다.

"그렇게 안타까워?"

"내가 뭐 좋아서 안동 가는 줄 알아요? 당신이랑 주섭이 때문이라니까요."

어머니의 잔소리가 시작될 것 같자 아버지는 알았다는 말을 반복하면서 성냥을 그어 담뱃불을 붙였다. 그사이 사람들이 계속 들어와서 열차는 거의 다 차버렸다. 차창 밖으로, 배웅 나온 가족들이 손을 흔들며 이름을 부르는 모습이 보였다. 검은색 제복을 입은 역무원이 깃발을 흔들면서 출발이라고 외치자 증기기관차가 서서히 움직이기 시작했다. 서울역을 빠져나오자 속도가 높아졌다. 빠르게 지나가는 바깥 풍경을 보며 담배를 피우던 아버지가 주섭에게 말했다.

"피곤한데 눈 좀 붙여라. 안동까지 가려면 멀었어."

"네. 아버지도 좀 주무세요."

밤새 짐을 꾸리던 어머니는 벌써 꾸벅꾸벅 졸았다. 주섭은
그런 어머니에게 기댄 채 잠을 청했다. 일본에서 서울로 왔을
때 느꼈던 막연한 두려움이 떠올랐다. 어딜 가나 일본말을 섞
어서 쓴다고 놀림을 받았고, 좀처럼 자리를 잡지 못할 것 같았
다. 다행히 희준을 만나고 그런 두려움을 떨쳐버릴 수 있었다.
그런데 이제 다시 낯선 곳으로 가서 새로운 사람들을 만나야
만 했다. 과연 희준 같은 친구를 다시 만날 수 있을지 걱정되
었다. 머리가 복잡했지만 긴장이 풀린 탓인지 졸음이 쏟아졌
다. 주섭은 한숨 자고 일어나면 새로운 터전인 안동에 도착해
있을 것이라 생각하면서 잠에 빠져들었다. 칙칙거리는 열차
소리가 아스라이 느껴지기 시작했다.


다음날, 방학이라 느긋하게 일어난 희준은 머리를 긁적거
리며 밖으로 나왔다. 부지런한 어머니는 일찍 일어나서 부엌
에 있었고, 아버지는 큰아버지 회사로 출근하셨는지 인기척이
없었다. 길게 하품을 하고 나온 희준은 마당에 떨어진 신문을
집어 봤다. 그간 늘 아버지가 읽고 난 다음에야 볼 수 있었지
만 이번에는 먼저 읽어도 될 것 같았다. 아직 따끈한 잉크 냄

새가 났다. 신문을 가지고 대청으로 간 희준은 아버지처럼 양반다리를 하고 앉아서 신문을 펼쳤다. 물을 버리러 마당으로 나온 어머니가 그걸 보고는 웃었다.

"아버지 흉내 내냐?"

"에헴, 나라 꼴이 이게 뭐야? 정말."

희준은 내친김에 아버지의 말투를 그대로 따라 했다. 그걸 본 어머니가 손으로 입을 가리며 웃었다. 손가락에 침을 묻혀가며 신문을 넘기던 희준의 눈에 2면 위쪽 모서리에 실린 흑백사진이 들어왔다. 철교 아래 객차가 뒤집힌 채 떨어져 있는 게 보였다. 희준은 옆에 붙은 커다란 기사 제목을 읽었다.

"도농역전의 열차 전복 참경."◆

희준은 작은 글씨로 된 기사를 눈으로 읽었다.

"중앙선 열차 추락 전복, 승객 6명 사망, 200명 중경상."

사상자 숫자를 본 그는 혀를 찼다.

"아이고, 많이도 죽고 다쳤네."

전날인 6일 아침 6시 15분에 서울역에서 출발해 안동으로 가는 중앙선 열차가 7시 45분경 도농역◆◆ 앞 철교를 지나다가 사고가 났다는 것이었다. 철교를 지나던 화물차와 객차들이 탈선되어서 그중 객차 하나가 11미터 아래로 뒤집어진 채 추락하고 말았단다. 사고 소식을 접한 철도 당국은 구호 열차를 보내서 사고를 수습중인데, 사상자들은 미군측의 도움을 받아 서울적십자병원과 철도병원으로 후송중이라고 했다.

"저런, 어쩌다 사고가 난 거지?"

기사 말미에는 사고 원인도 나와 있었다. 연일 내린 폭우로 인해 침목이 썩어서 열차의 무게를 감당하지 못한 것으로 추측했다. 그걸 본 희준은 짜증을 냈다.

"그걸 확인 못해서 이런 사고가 난 거야?"

혀를 차면서 다음 면으로 넘기려던 희준의 얼굴이 순간적으로 굳어졌다.

"잠깐, 주섭이가 6일 아침에 안동으로 내려간다고 했잖아. 서울역에서."

놀란 희준은 기사를 다시 살폈다. 아래쪽에는 사상자 명단과 후송된 병원이 적혀 있었다. 중간 즈음에는 주섭이의 이름과 그뒤에 철도병원이라는 글씨가 보였다. 그걸 본 희준은 저도 모르게 비명을 지르며 신문을 구겼다. 그걸 본 어머니가 놀

---

◆ 1948년 8월 7일자 동아일보 2면에 실린 기사 제목. 도농역 열차 사고는 전날인 6일에 일어났다.

◆◆ 도농역은 남양주에 있었으며, 현재도 경의중앙선이 지나고 있다.

라서 바라봤다.

"아버지가 아직 안 본 신문을 그렇게 구기면 어떡해?"

벌떡 일어난 희준은 방으로 가서 바지와 윗옷을 입고 나왔다. 서둘러 댓돌 위에 있는 신발을 신었다. 그러곤 놀란 눈으로 그를 바라보는 어머니에게 외쳤다.

"저, 철도병원에 좀 갔다 올게요."

희준은 버스와 전차를 타고 용산역 근처에 있는 철도병원으로 향했다. 가는 내내 혹시와 설마라는 단어가 번갈아가며 머리에 어른거렸다. 붉은색 벽돌로 된 이층짜리 철도병원은 모서리가 둥글고 현관이 굉장히 컸다. 지프차와 구급차가 세워져 있었고, 근처에서 완장을 찬 기자들이 담배를 피우는 중이었다.

현관 안으로 들어가자 벽에 붙은 하얀 종이에 도농역 사고 현황이라는 글씨가 보였다. 그 아래에는 철도병원에 입원한 부상자들의 이름과 나이가 적혀 있었다. 혹시나 하는 마음에 사람들 사이에 끼어서 벽보를 살펴보던 희준은 열일곱 살 곽주섭이라는 이름을 보고는 할말을 잊었다. 손을 덜덜 떨며 희준은 주섭이 어디에 있는지 물어보기 위해 주변을 돌아봤다.

그러다 마침 목발을 짚고 머리에 붕대를 두른 주섭과 눈이 마주쳤다.

"주, 주섭아."

놀란 희준이 외치자 주섭이 따라오라는 눈짓을 하고는 등을 돌렸다. 그가 향한 곳은 뒷문이었다. 문을 열고 나가자 야트막한 담장이 쳐진 공간이 나왔다. 나무 벤치가 몇 개 보였는데 그중 한 곳에 앉은 주섭이 멍한 눈으로 철도병원을 올려다봤다. 그 옆에 앉은 희준이 조심스럽게 물었다.

"괜찮아?"

"다리가 부러졌고, 머리에 타박상을 입었어."

"신문에 사고 기사가 났어. 설마 설마 했는데."

희준이 말을 잇지 못하자 주섭이 한숨을 쉬었다.

"사고가 난 열차에 탄 게 맞아. 일찍 가야 해서 꼭두새벽부터 서둘렀거든. 열차에 앉아서 눈을 좀 붙였는데 갑자기 쾅하는 소리가 났어."

주섭은 더이상 말을 잇지 못했다. 희준은 피가 배어나는 붕대를 바라보며 말했다.

"그래도 천만다행이었어."

"나도 그렇게 생각했었어. 열차에 실려서 병원으로 올 때까지는 말이야. 그런데 부상자 중에 부모님이 안 계시더라고."

그게 무슨 뜻인지 이해하기 위해 잠깐의 시간이 필요했다. 곧 무슨 말인지 알아챈 희준은 탄식했다.

"맙소사."

길게 한숨을 쉰 주섭이 말했다.

"어머니는 안동으로 내려가 새 출발을 하자고 했어. 아버지랑 나랑 서울에 있으면 큰 문제에 휩쓸릴 거라고 하면서 말이야. 그렇게 떠나는 길에 사고가 났어. 무슨 운명 같아."

"주섭아. 너무 가슴이 아프다."

희준이 울먹거리자 주섭이 멍하니 말했다.

"난 슬퍼할 기운조차 없어."

"그래도 기운 내야지."

"부모님은 좋은 분들이셨어. 안동에 내려가려고 한 것도 나를 위해서였고 말이야. 그런데 남한이 죄 없는 내 부모님을 죽인 거야."

돌연 주섭의 말투가 섬뜩하게 변하자 희준은 크게 놀랐다.

"그게 무슨 소리야?"

"멀쩡하게 잘 달리던 열차가 왜 뒤집혀서 떨어졌겠어? 오래된 침목이 썩어서 열차의 무게를 이기지 못한 거야."

"나도 기사에서 봤어."

"부상자들을 태운 열차를 타고 올라오면서 철도국 사람들이 몰래 나누는 얘기를 엿들었어. 침목이 썩은 것도 문제지만 멀쩡한 걸 빼서 팔아먹었다고 하더라."

"뭐라고?"

놀란 희준의 반문에 주섭이 고개를 끄덕거렸다.

"그 얘기를 듣고 너무 어처구니가 없어서 어제저녁에 병원에 온 기자한테 얘기했어. 그랬더니 내 말을 안 믿더라고. 그놈이 다 그놈이었던 거지."

희준은 주섭이 왜 이렇게 차갑게 변해버렸는지 이해할 수 있었다. 만약 부모님이 그런 사고로 모두 세상을 떠났다면 자신 같아도 원망했을 것이기 때문이다. 하지만 어떻게든 진정시켜야겠다는 생각에 말을 하려는데 주섭이 목발을 짚고 일어났다. 뒷문을 열고 누가 나오는 게 보였는데 햇빛 때문에 얼굴이 보이지 않았다. 한발 앞으로 나간 주섭이 말했다.

"북으로 갈 거야."

"정말?"

"여기에는 단 일분일초도 있고 싶지 않아."

단호한 주섭의 말에 희준이 조심스럽게 말했다.

"다시 생각해보는 게 어때?"

"생각 충분히 했어. 내 가족을 죽인 이곳을 증오해. 나에게 힘이 있다면 모두 다 파괴해버리고 싶어."

싸늘한 눈으로 철도병원을 바라본 주섭이 덧붙였다.

"하나도 남김없이."

그 얘기를 들은 희준이 간곡히 말했다.

"북한에 아는 사람도 없잖아."

따라서 일어난 희준의 만류에 주섭이 강하게 고개를 저었다.

"도와줄 사람이 있어."

"누구?"

주섭은 희준의 물음에 누군가를 기다리는 것처럼 뒷문을 바라봤다.

"곧 올 거야."

희준이 할말을 찾지 못해 머뭇거리는 사이, 뒷문을 열고 나타난 남자가 두 사람 앞에 섰다. 바로, 김종웅이었다.

"저 사람은……?"

"스키협회 일을 하지만 원래는 남로당원이었어. 우리집에 머물던 주현이 아저씨와도 아는 사이였지."

배신감과 당혹감에 어쩔 줄 몰라 하는 희준을 향해 가볍게 눈인사를 한 김종웅이 주섭을 바라봤다.

"연결 편은 일주일 내에 준비될 거야. 움직일 수 있겠어?"

"기어서라도 가겠습니다."

단호하게 얘기하는 주섭의 모습을 보며 희준은 할말을 잊었다. 그런 희준에게 주섭이 말했다.

"그래도 가기 전에 얼굴 봐서 좋네. 잘 있어라."

그의 결심이 너무나 확고하다는 걸 깨달은 희준은 이것이 마지막 만남이라는 사실을 직감했다. 눈물을 글썽거리며 희준은 주섭을 끌어안았다.

"어딜 가든 건강해라. 친구야."

희준은 그가 아무 말도 안 하고 있지만 눈물을 애써 참고 있다는 사실을 알 수 있었다. 아랫입술을 지그시 깨문 희준은 김종웅과 나란히 선 주섭에게 작별 인사를 하고 발걸음을 돌렸다. 눈물이 앞을 가렸지만 차마 돌아볼 수 없었다. 주섭 역시 자신처럼 울고 있을 것이 뻔했기 때문이다. 철도병원을 나와서 걸어가는데 이번에 구성된 제헌의회에서 반민족행위처벌법◆을 통과시켜야 한다는 시위가 벌어지고 있는 중이었다. 희준은 시위대 곁을 지나 용산역으로 향했다.

희준의 여름은 그렇게 지나갔다. 개학을 하고 학교로 돌아왔을 때 주섭의 자리는 비어 있었다. 뒤쪽에 앉아서 장난을 치던 나성식 역시 진즉에 세상을 떠난 상태였다. 공허함을 못 이긴 그는 수업 시간에 갑자기 울거나 운동장에 서서 소리를 지르곤 했다. 그럴 때마다 주변에서는 미친 거 아니냐고 손가락질을 했다. 내막을 어느 정도 아는 김영칠 선생님만이 그를 조용히 감싸줄 뿐이었다. 다시 가까워진 오명진은 내년에 졸업하면 자신과 함께 사관학교에 입학하자고 말했다.

"나라가 세워져서 경비사관학교에서 육군사관학교로 바뀌었어. 이제 정식으로 나라를 지키는 장교가 될 수 있다 이말이야."

앞날에 대한 고민까지 할 여력이 없던 희준은 그 말을 흘려들었다. 형이 휴가를 나오면 그때 가서 진지하게 상의할 생각이었다. 10월이 되자 오명진도 희준의 묵묵부답에 지쳤는지 더이상 사관학교 얘기를 꺼내지 않았다. 수업을 마치고 집으로 돌아온 희준은 대문을 열고 들어가려다가 안에서 들려오

---

◆ 이 법은 1948년 9월 1일 국회를 통과하면서 반민족행위특별조사위원회, 이른바 반민특위를 구성하게 된다.

는 어머니의 울음소리를 들었다.

"뭐지?"

문을 열고 들어가자 머리를 풀어헤친 어머니가 마당에 엎드려서 울고 있는 게 보였다. 아버지는 그런 어머니를 붙잡고 같이 우는 중이었다. 뜻밖의 광경에 놀란 희준이 물었다.

"무슨 일이에요?"

하지만 부모님은 아무 말도 못하고 울기만 했다. 답답해진 희준이 다가가는데 어머니 앞에 구겨진 엽서가 보였다. '육군본부'라는 붉은색 글씨가 선명했다.

"이게 뭔데요?"

엽서를 집어든 희준에게 어머니가 절규하듯 외쳤다.

"희섭이가 전사했단다."

놀란 희준은 엽서를 떨어뜨렸다. 망치로 맞은 것처럼 머리가 어지러웠다.

"혀, 형이 왜요?"

어머니는 그의 물음에 대답 대신 울음을 터뜨렸다.

"아이고, 착한 우리 큰아들을 이제 못 보는구나. 못 봐."

바닥에 뒹굴며 우는 어머니를 아버지가 붙잡았다. 희준은 아버지를 붙잡았다.

"왜 형이 죽었다는 거예요? 지난주에도 편지 왔었잖아요."

"여수에서 전사했단다. 반란군을 토벌◆하다가 말이야."

침통한 아버지의 말에 희준은 며칠 전 신문에서 봤던 기사를 떠올렸다.

"14연대 반란을 진압하다가요?"

"그런 거 같구나. 아까 누가 문을 두드리더니 문 아래로 이걸 툭 던져놓고 가지 뭐냐. 그래서 문을 열고 쫓아가서 물어봤더니 자기는 그냥 우편을 보내는 병사라서 잘 모른다면서 그냥 휑하니 가더라."

정신을 가다듬은 희준은 엽서의 내용을 살펴봤다.

─제2연대 1대대 소속 한희섭 이등중사가 여수 반란군 진압 작전 도중 순국하였음을 통보합니다. 육군 참모총장 이응준.

엽서의 내용을 다 읽고서도 희준은 늘 다정다감하게 자신을 챙겨주던 형이 더이상 돌아올 수 없는 곳으로 떠났다는 사실이 믿기지 않았다. 어머니는 여전히 오열했다.

---

◆ 1948년 10월 19일에 벌어진 여수 14연대 반란 사건을 토벌하기 위해 대전의 제2연대도 참가했다.

"아이고, 이놈아. 총알이 날아오면 피했어야지. 이 어미를 두고 어찌 먼저 갔단 말이냐."

어머니처럼 바닥에 주저앉은 희준은 엉엉 울면서 엽서를 찢어버렸다.

"아니야. 형 안 죽었어. 잘못 안 걸 거야. 안 그래요, 아버지?"

눈이 퉁퉁 부은 아버지는 아랫입술을 깨물었다.

"아까 큰아버지네 가서 육군본부에 전화를 걸었어. 명단을 확인하더니 사실이라고 하지 뭐냐."

아버지의 얘기를 들은 희준은 벌떡 일어났다. 하나밖에 없는 형이 죽었다는 사실에 갑자기 복수심이 활활 타올랐던 것이다. 주먹을 불끈 쥔 희준이 부모님에게 외쳤다.

"내가 형의 복수를 할 거야! 빨갱이 새끼들 다 죽여버리고 말 거야!"

흥분한 그를 본 어머니는 더 크게 울었다. 그 모습을 보고 분통이 터진 희준은 돌아서서 기둥을 주먹으로 치면서 오열했다.

"나쁜 새끼들. 착한 우리 형을 왜 죽인 거야!"


다음날, 밤새 울어서 퉁퉁 부은 눈으로 등교한 희준은 바

로 오명진을 찾아갔다. 애국 학생회 친구들과 얘기를 나누던
오명진은 그의 눈을 보고 놀랐다.

"무슨 일 있었냐?"

"알 거 없고, 육군사관학교 가려면 뭘 준비해야 해?"

"갑자기 생각이 바뀐 거야?"

"응."

희준이 짧게 대답하자 오명진이 씩 웃었다.

"필기 시험이랑 체력 시험을 같이 볼 거야. 필기는 주말에
모여서 공부하고, 체력은 지금부터 연습해야 해. 내후년에 시
험이니까 2년이면 충분할 거야."

오명진의 얘기를 들은 그가 물었다.

"언제부터 시작할 건데?"

"다음달부터, 너도 낄 거야?"

희준은 대답 대신 고개를 끄덕거렸다.

# 7
# 1950년 6월,
### 내촌리

아침이 밝아오자 북쪽에서 들려오는 포성이 점점 가까워
졌다. 그것이 무엇을 의미하는지 잘 알고 있던 육군사관학교
생도들은 긴장한 표정으로 북쪽을 바라봤다. 391번 도로와
326번 도로가 만나는 Y자형 교차로 남쪽에 있던 372고지에,
육군사관학교 생도들로 구성된 생도대대가 도착한 것은 어제
저녁 7시 무렵이었다. 새벽에 북한군의 전면 남침이라는 소식
이 전해지면서 태릉의 육군사관학교에도 비상 대기령이 내려
졌다.

상황이 악화되자 교관들로 구성된 교도대대가 오전에 문
산 지역으로 파견되었다. 오후에는 생도들에게도 출동 명령이
내려왔다. 육사 1,2기로 구성된 4개 중대 규모의 생도대대는

북쪽에 있는 내촌리로 출동했다. 어둑해질 무렵 도착한 생도들은 쉴 시간도 없이 언덕에 참호를 구축하고 지뢰를 매설했다. 한숨 돌린 생도들은 밤새 뜬눈으로 지새우고 아침을 맞이했다.

소나무 옆에 파놓은 참호에 들어가서 도로를 내려다보던 희준은 뒤쪽에서 들려오는 인기척에 고개를 돌렸다. 수풀을 헤치고 모습을 드러낸 것은 같이 입교한 오명진이었다. 수통과 탄포를 양손에 든 그는 참호 안으로 들어오면서 물었다.

"어때?"

"아직 괜찮아."

오명진이 건넨 수통의 마개를 열고 물을 한 모금 마신 희준이 참호에 기대놓은 M1 개런드 소총을 끌어안았다. 바닥에 탄포를 놓고 안에 있던 M1용 8발 클립을 꺼내놓은 오명진이 숫자를 셌다.

"12개밖에 없네. 이걸로 얼마나 싸울 수 있을까?"

"버틸 수 있을 때까지는 버텨야지. 겁나?"

희준의 물음에 오명진이 살짝 인상을 찡그렸다.

"겁나지는 않는데 짜증나."

"뭐가?"

"어제가 면회였잖아. 기억 안 나?"

"아, 그랬지."

육군사관학교 제2기[◆] 생도 모집에 참여한 둘은 시험을 통과해서 6월 10일에 입교했다. 같이 공부했던 애국 학생회 멤버들 중에는 최종적으로 둘만 합격한 것이다. 기초 군사 훈련과 사격 훈련을 마친 후 6월 25일에는 가족들과의 면회가 잡혀 있었다. 전날 열심히 군화를 닦고, 군복을 다렸지만 다음날 새벽 북한군의 전면 남침으로 무산되고 말았다. 생도대대가 편성되고 출동 대기 상태에 있다가 오후에 내촌리를 향해 이동했다. 참호에 기댄 채 도로를 내려다보던 오명진이 중얼거렸다.

"저 도로를 지켜야 한다 이거지."

머리보다 조금 큰 철모를 살짝 치켜올린 희준이 고개를 절레절레 저었다.

"어제 전쟁이 터졌는데 벌써 여기까지 밀리다니."

"상황이 심상치 않은가봐."

---

◆ 육군사관학교는 1949년 7월에 2년 과정으로 개편되고 제1기가 입교한다. 1950년 6월에는 4년 과정으로 개편된 상태에서 제2기가 입교한 상황이다.

"얼마나?"

희준의 물음에 오명진이 대답했다.

"의정부 쪽이 확 밀렸나봐."

"정말?"

오명진이 우울한 표정으로 고개를 끄덕거렸다.

"대대본부에서 탄 수령하는데 전령이 도착해서 얘기하는 걸 들었어. 9연대가 포천에서 철수했다고 하더라."

"아침은 개성, 점심은 평양, 저녁은 신의주에서 먹는다며?"

어이가 없어진 희준의 얘기에 오명진이 코웃음을 쳤다.

"탱크를 앞세우고 밀어붙이는데 무슨 수로 막아."

그때, 도로 건너편의 330고지 쪽에서 기관총을 쏘는 소리가 들렸다. 오늘 새벽에 도착한 수도경찰청 소속의 전투경찰대대가 진을 치고 있는 곳이었다. 무장이라고 해봐야 99식 소총과 카빈뿐이었고, 탄약도 적었기 때문에 생도대대에서 기관총 2정을 배치한 것이다. 교차사격이 가능하도록 조치한 것인데 그곳에서 뭔가를 발견한 것 같았다.

둘은 동시에 몸을 낮췄다가 조심스럽게 고개를 들었다. 소나무숲 사이로 330고지에서 발사된 기관총의 예광탄들이 지나가는 게 보였다. 예광탄들이 날아간 곳은 391번 도로 북쪽이었다. 길과 주변 언덕에 북한군 전초부대가 보였다. 옷과 철모에 수풀을 꽂아서 위장하는 바람에 좀처럼 눈에 띄지 않았던 것이다. 그걸 본 오명진이 얼른 M1 소총을 겨눴다. 희준은 당장이라도 쏠 것 같은 그에게 말했다.

"아직 멀어. 쏘지 마."

북한군의 전초부대는 쏟아지는 기관총탄을 피해 조금씩 전진해왔다. 그러자 372고지 정상 부근에 배치된 81밀리 박격포가 사격을 시작했다. 박격포탄이 터지자 북한군 전초부대는 놀라서 바로 철수했다. 도망치는 그들을 보면서 372고지에 배치된 생도들이 비웃음을 날렸다. 오명진 역시 주먹 감자를 날렸다.

"겁쟁이들 같으니, 얼마든지 덤비라고!"

하지만 희준은 차갑게 침묵을 지켰다. 교차로를 지키는 국군의 방어력을 시험하기 위해 보낸 것이 틀림없었기 때문이다. 이제 곧 대대적인 공격이 있을지 모른다는 생각에 긴장감이 들었다. 참호에 기댄 채 도로 쪽으로 엎드린 그는 M1 소총에 8발짜리 클립을 끼웠다. 그리고 곧 쳐들어올 적을 기다렸다.

모터지크◆ 한 대가 다가오자 도로 옆 공터 임시 지휘소에 있던 북한군 3사단 9연대 2대대장이 밖으로 나왔다. 그는 앞에 멈춰 선 모터지크에서 내린 정치군관을 보고는 부동자세를 취했다.

"어서 오십시오. 정치군관 동무."

고글을 벗은 정치군관이 공터 주변에 배치된 북한군을 보고는 대대장에게 물었다.

"공격 준비는?"

"삼십 분 안에 완료됩니다."

"남한군의 배치는 파악했나?"

"교차로 좌측의 372고지는 남조선 국방군이 배치된 것으로 보이고, 우측의 330고지는 경찰들이 배치된 것 같습니다. 기관총과 81밀리 박격포를 보유하고 있습니다."

간단하게 보고를 받은 정치군관은 남쪽을 바라보며 말했다.

"의정부와 동두천에서 적의 주력을 괴멸시켰다. 이제 적의 수도 서울을 점령하기 위해서는 이곳을 하루빨리 통과해야 한

---

◆ 옆에 사람이 탈 수 있는 좌석이 붙은 모터사이클. 제이차세계대전 당시 독일군이 사용했으며, 소련군 역시 비슷한 걸 사용했다. 북한군 역시 소련군의 M–72를 남침에 이용했다.

다.”

“잘 알고 있습니다. 탱크를 앞세워서 경찰들이 있는 330고지를 먼저 칠 생각입니다.”

“좋은 생각이네. 내가 직접 지켜보고 상부에 보고하겠어.”

“그럼 안전한 지휘소에 계십시오.”

“알겠네. 참, 정찰소대는 어디에 있지?”

정치군관의 물음에 대대장이 임시 지휘소 앞쪽 공터를 가리켰다.

“아까 오전 정찰에서 돌아와서 휴식중입니다.”

“알겠네.”

뒷짐을 진 정치군관이 공터로 향했다. 여기저기 주저앉아 있던 정찰소대원들은 정치군관이 나타나자 하나둘씩 일어났다. 그들을 한 명씩 살펴보던 정치군관은 따발총을 앞에 메고 안면 위장을 한 군관이 앞으로 나오자 활짝 웃었다.

“무사하구나. 주섭아.”

주섭 역시 웃으며 대답했다.

“잘 지내셨습니까? 종웅 아저씨.”

“바쁘지 뭐. 정찰은 잘 마쳤나?”

“박격포탄에 둘이 죽고 둘이 다쳤습니다만 저는 멀쩡합니다."

"그럼, 그래야지. 살아서 남한이 해방되는 걸 지켜봐야 하지 않겠어?"

"물론이죠. 다른 곳은 어떻습니까?"

"의정부와 동두천을 점령했고, 서울로 진격중이야. 하루이틀이면 서울도 우리 손아귀에 들어올 거야."

정치군관이 된 김종웅이 호탕하게 웃으며 말하자 주섭 역시 환하게 웃었다.

"가을이 되기 전에 남한 전체를 해방시킬 수 있겠군요."

"물론이지. 그러니 몸조심해라. 알았지."

"알겠습니다. 아저씨도 건강하십시오."

둘이 얘기를 주고받는 사이, 대대장이 출발하라는 명령을 내렸다. 길가에 있던 두 대의 T-34 전차도 시동을 걸고 매연을 뿜으며 앞으로 전진했다. 그걸 본 주섭이 경례를 하면서 말했다.

"저도 이제 이동해야 할 거 같습니다."

"그래. 전투 끝나고 보자."

김종웅의 배웅을 받은 주섭은 휘하의 정찰소대원들에게 따르라는 지시를 내렸다. 그러곤 대열에 합류했다. 재작년 여름, 다친 다리를 이끌고 38선을 넘어간 주섭은 다리를 치료한 후에 평양에 있는 제1군관학교에 입교했다. 그리고 올해 봄에 졸업해서 3사단 9연대에 배치되었다. 그는 남한 출신이라는 이유로 정찰소대를 이끌게 되었다. 정신없이 지나간 세월을 헤아려보던 그는 누군가를 떠올렸다. 남한에서는 안 좋은 기억뿐이라 잊고 싶었지만 그와의 추억만큼은 쉽게 저버릴 수 없었다. 혼란한 와중에 그가 무사할까 걱정하며 주섭이 중얼거렸다.

"잘 지내고 있으려나?"


북한군의 대전차포와 박격포가 연달아 터지자 흙이 하늘 높이 솟구쳤다가 비처럼 쏟아졌다. 참호에 얼굴을 처박은 오명진이 소리쳤다.

"아이고!"

방금 전 날아온 북한군의 대전차포가 바로 옆 참호에 명중했다. 1기 생도들이 있던 참호는 글자 그대로 박살이 나버렸다. 다행히 희준과 오명진이 있는 참호는 나무에 가려져 있어서 보이지 않았다. 벌벌 떨고 있는 오명진과는 달리 희준은 조심스럽게 도로를 살펴봤다. 포격이 끝나면 북한군의 공격이 시작될 게 뻔했기 때문이다. 그의 눈에 전차가 보였다. 굽은 도로를 따라 움직이느라 속도가 줄었지만 공격할 만한 무기가 없어서 바라보고만 있어야 했다. 지뢰가 매설되어 있긴 했지만 대인지뢰라 전차에는 소용이 없었다.

"젠장!"

두 대의 북한군 전차가 도로에 나타나자 330고지에서 열심히 사격을 하던 경찰들이 일제히 후퇴하기 시작했다. 그걸 본 오명진이 소리를 질렀다.

"뭐하는 짓들이야!"

도망치는 경찰들에게 삿대질을 하는 오명진의 뒷덜미를 잡고 끌어 앉힌 희준이 말했다.

"정신 차려! 이제 놈들이 공격해올 거야!"

흥분한 오명진이 다 처들어오라고 소리를 질러댔다. 희준은 그런 오명진을 진정시키며 도로 쪽을 바라봤다. 신호탄이 오르고, 함성소리와 함께 북한군이 도로 옆 개활지에 모습을 드러냈다. 탄약이 부족했기 때문에 소총은 적이 가까이 접근했을 때 사격하는 것으로 명령을 받았다. 대신 기관총이 불을 뿜으면서 다가오는 북한군들을 쓰러뜨렸다. 하지만 적들은 악착같이 전진해왔다. 개활지를 거의 넘어온 적들이 372고지로 접근해왔다. 희준은 장전한 M1 소총을 겨눈 채 발사 명령을 기다렸다. 선두에 선 적을 신중하게 겨누는데 아무리 봐도 누군가와 닮은 것 같았다.

'설마.'

주섭은 재작년에 북한으로 넘어간다고 한 이후 소식이 끊긴 상태였다. 어딘가에서 잘 지내고 있으리라고 생각했지만 여기서 마주칠 줄은 몰랐다. 다시 정신을 차리고 살펴보는데 흔적도 없이 사라졌다. 근처 생도대대에서 쏜 박격포탄이 터지면서 몸을 감춘 것 같았다. 희준은 다른 적을 겨누면서 중얼거렸다.

"아니겠지. 아닐 거야."

북한군이 기세등등하게 372고지의 중턱까지 접근해왔다. 그때 사격을 알리는 호각 소리가 들렸다. 희준은 신중하게 겨눈 적을 향해 방아쇠를 당겼다. 무수한 총소리와 연기 속에서 수십 명의 적들이 쓰러졌다.◆

---

◆ 육군사관학교 1기와 2기 생도들이 참전한 내촌-태릉 전투는 6월 26일 벌어졌다. 분투에도 불구하고 북한군의 압도적인 전력에 밀린 생도들은 태릉으로 퇴각해서 지연전을 펼친 후에 후퇴한다.

저는 시간이 날 때마다 예전 신문들을 들여다보곤 합니다. 그 시대를 알 수 있는 가장 확실한 타임머신 같은 존재입니다. 시대가 혼란할수록 신문을 비롯한 언론의 논조는 강경해집니다. 1948년의 신문들이 그렇습니다. 아마 당시에 신문을 읽는 독자들의 마음도 역시 평온하지는 않았을 겁니다. 갑작스럽게 찾아온 광복과 함께 혼란이 물밀듯이 닥쳐왔으니까요. 아무것도 준비하지 못한 채 광복을 맞이하면서, 우리는 일본의 방해와 미국과 소련에 의해 국토가 두 동강이 나는 비극을 겪게 됩니다.

오늘의 우리는 더없이 평화로운 시대를 보내고 있습니다. 물론, 코로나 바이러스를 비롯해서 수많은 사건 사고들이 일어나곤 있지만 1948년과 비교할 수는 없을 겁니다. 38선을 경계로 북쪽에는 소련군이, 남쪽에는 미군이 주둔하면서 문제가 생깁니다. 유엔에서는 남북 총선거를 치를 준비를 했고, 국민들 대부분은 총선거가 치러질 것이라고 믿었습니다. 하지만 북한이 유엔 한국임시위원단의 입국을 불허하면서 긴장이 고조됩니다. 북한이 입국을 거부한 배후에는 소련이 있었고, 의도는 명백했습니다. 북한의 인구가 훨씬 적은 상황이라서 남북 총선거를 치르면 결과는 불 보듯 뻔했으니까요.

북한이 그렇게 유엔 한국임시위원단의 입국을 막는 사이, 남한은 심각한 갈등에 빠집니다. 우리만이라도 선거를 치러야 한다는 주장과 남북한이 함께 총선거를 치러야 한다는 주장이 팽팽하게 맞선 겁니다. 미군정이 통치하던 시기라, 선거를 통해 우리 손으로 정부를 세워야 한다는 공감대가 형성되었습니다. 하지만 남한만 따로 선거를 치를 경우 분단이 기정사실화될 수 있다는 사실은 많은 이들을 고민과 혼란에 빠지게 만들었습니다. 그 절정의 시기가 바로 1948년이었습니다.

결국 남한만 선거를 치렀고, 그 결과 정부가 수립되었습니다. 그걸 빌미삼아 북한 역시 따로 정부를 수립하면서 양측은 돌이킬 수 없는 분단의 길로 향합니다. 그리고 그 결과로 제주 4·3 사건과 여수 14연대 반란이 발생했고, 1950년 6월 25일부터 3년간 비극적인 전쟁이 일어납니다.

어쩌면 한국전쟁의 비극은 1948년부터 시작되었다고 볼 수 있습니다. 그 누구도 이때의 결정이 2년 후의 전쟁과 현재까지 이어지는 분단과 대립으로 향할 것이라고는 생각하지 않았을 겁니다. 하지만 알았다고 해도 다른 결정을 내릴 수는 없었을 겁니다. 선택의 폭이 좁았으니까요. 종종 역사가 가혹하다고 느낄 때가 많은데 1948년은 특히 그렇습니다.

그래서 북한과 일본에서 온 주인공들의 시선을 통해 당시의 모습을 조명해보고 싶었습니다. 희준과 주섭, 그리고 그들의 가족들. 낯선 존재들의 시선을 통해 1948년을 바라보면서, 독자들에게 당시 어떤 일이 있었고, 왜 그런 결정들을 내려야만 했는지를 보여주고 싶었습니다. 주인공들을 외부에서 온 존재로 설정한 것은 우리를 싸움으로 몰고 간 것이 외부에서 온 이데올로기였기 때문입니다. 그것 때문에 같은 말과 관습을 가진 우리가 치고받고 싸우면서 서로를 죽인 것입니다.

수많은 죽음 끝에 자유민주주의를 지킨 대한민국은 번영과 발전을 구가합니다. 21세기의 대한민국이 존재하기 위해 1948년의 대한민국이 엄청난 희생을 겪은 것이죠. 우리가 역사를 기억하고 알아야 할 이유가 바로 여기에 있습니다. 현재의 우리가 존재하기 위해서는 과거의 희생과 도전이 필요했다는 걸 알아야 합니다. 그걸 발판 삼아서 오늘날의 대한민국이 존재하게 되었다는 사실을 말이죠. 이 책을 통해 1948년이라는 시대를 이해하고, 이데올로기가 어떻게 전쟁을 불러왔으며, 인간이 그 잔혹한 파괴 속에서 어떻게 살아남았는지를 헤아려볼 수 있는 계기가 되었으면 좋겠습니다.

# 1948, 두 친구

초판 1쇄 발행 2021년 7월 2일
초판 4쇄 발행 2022년 10월 17일

**지은이** | 정명섭

**발행인** | 박재호
**주간** | 김선경
**편집팀** | 강혜진, 이복규
**마케팅팀** | 김용범, 권유정
**총무팀** | 김명숙

**디자인** | 디자인 잔
**일러스트** | 조은교
**교정교열** | 권순영
**종이** | 세종페이퍼
**인쇄·제본** | 한영문화사

**발행처** | 생각학교
**출판신고** | 제25100-2011-000321호
**주소** | 서울시 마포구 양화로 156(동교동) LG팰리스 814호
**전화** | 02-334-7932 **팩스** | 02-334-7933
**전자우편** | 3347932@gmail.com

ⓒ 정명섭 2021

ISBN 979-11-91360-20-2 43810